LA

TOUR EIFFEL

TYPOGRAPHIE FIRMIN-DIDOT. — MESNIL (EURE).

Fig. 1. — La Tour Eiffel.
(D'après *l'Illustration.*)

HENRY GIRARD

LA TOUR EIFFEL DE TROIS CENTS MÈTRES

OUVRAGE ORNÉ DE 12 GRAVURES

PARIS
LIBRAIRIE DE FIRMIN-DIDOT ET Cie
IMPRIMEURS DE L'INSTITUT, RUE JACOB, 56
1890

LA

TOUR EIFFEL

L'idée avant la matière; l'œuvre après l'homme.

Jamais monument n'excita davantage la curiosité et l'admiration publiques. Qui donc, dans les contrées inexplorées, dans les provinces les plus éloignées, dans les villages les moins connus, ignore le nom d'Eiffel et l'existence de sa Tour gigantesque?

Cette conception d'un pylône de 300 mètres suffirait à rendre un ingénieur universellement populaire; et M. Eiffel compte à son actif des travaux d'une hardiesse peut-être moindre, mais d'un égal intérêt.

Gustave Eiffel est, en effet, un de nos ingénieurs les plus distingués. Né à Dijon (Côte-d'Or), en

1832, il fit de solides études à l'École centrale des arts et manufactures.

Au début de sa carrière d'ingénieur, vers 1860, il fut attaché à la construction du vaste pont de Bordeaux, sur la Gironde. C'est un des plus beaux spécimens de l'art de l'ingénieur.

On appliquait pour la première fois le système de fondation à l'air comprimé. Mettant en pratique les principes de réflexion et de calcul qui sont la règle de son art et firent le succès de sa vie, M. Eiffel réussit au delà de ses espérances. Depuis, ce mode de fondation est quotidiennement employé. Les fondations des grands magasins du Printemps, à Paris, construits tout en fer, ont été établies de cette façon.

Voici en quoi consiste ce système :

Sur l'emplacement choisi, on amène des caissons en tôle, divisés horizontalement en deux compartiments. Celui qui touche le sol, sans fond, communique, à l'aide de tuyaux en tôle, avec l'étage supérieur et avec des machines à comprimer l'air.

Les ouvriers entrent dans une cloche métallique, isolée des caissons par une trappe exactement fermée. Quand ils ont pénétré dans ce récipient, on y comprime l'air. La trappe est ensuite ouverte, et on descend dans le caisson inférieur à l'aide d'une échelle de fer disposée dans les tuyaux.

Éclairés avec des lampes électriques, les ouvriers piochent le sol à sec, l'air comprimé ayant la faculté de chasser les eaux. Le terrain est jeté dans des seaux, qu'on vide au dehors.

Le caisson supérieur étant lesté avec du béton, l'appareil et les ouvriers s'enfoncent à mesure qu'avancent les fondations.

A Bordeaux, au milieu des eaux profondes du fleuve, on hésita beaucoup à employer ce système, dangereux en apparence. Grâce aux calculs précis de M. Eiffel, tout marcha à souhait et l'on n'eut à déplorer aucun accident.

Quand fut terminé le pont de Bordeaux, une des plus belles constructions de nos voies ferrées françaises, le jeune ingénieur s'employa à l'établissement de divers ponts métalliques, notamment ceux du réseau de Capdenac à Florac, sur le réseau central.

C'est lui aussi qui construisit le pont de la Nive, à Bayonne.

Ces œuvres, hardies déjà, firent connaître M. Eiffel de ses collègues.

En 1867, il jouissait d'une belle autorité dans le monde des savants. Aussi M. Krantz, l'un des ingénieurs de l'Exposition universelle, s'adressa-t-il à M. Eiffel pour l'exécution des arcs métalliques de la galerie des machines. Ce travail eut un immense succès. Le constructeur résuma ses intéressants calculs dans un important mémoire, où il formula, avec une haute précision, le « module d'élasticité des pièces composées. » Ce module est classique aujourd'hui, et tous les constructeurs y puisent de précieux documents.

Le succès ne suffisait pas à l'infatigable activité de cet éminent ingénieur; il stimulait son ambition.

Ne peut-on pas dire de lui qu'il a comme devise : « Toujours plus haut, toujours plus grand ! »

M. Eiffel, en vérité, est un homme heureux. Tout lui sourit dans l'existence. Il n'a pas eu de ces cruelles déceptions qui terrassent l'intelligence la mieux douée et anéantissent la plus tenace volonté. Peut-être serait-il téméraire de chercher le secret de ce bonheur dans ce qu'on appelle « la bonne étoile ».

Chacun, ici-bas, est l'artisan de sa destinée.

Et M. Eiffel doit sa réussite à une rare persévérance et à une indomptable énergie. La précision qui a conduit la construction de la Tour, de la base au sommet, des fondations au campanile final, a surtout émerveillé le public. Eh bien ! cette précision infaillible est la caractéristique du tempérament de M. Eiffel. Il ne livre rien au hasard dans sa vie. Comme nous le disons plus haut, tout, chez lui, est calcul et réflexion. Suivant le précepte du sage, il se hâte lentement.

Voilà pourquoi M. Eiffel est l'ingénieur le plus populaire de nos jours, voilà pourquoi la France lui doit le monument le plus élevé de l'univers.

Ses découvertes ne doivent-elles pas être aussi ramenées à l'esprit pratique et observateur de cet homme qui, avec tant d'autres, livre une lutte perpétuelle à la nature et aux éléments divers?

Mieux que personne, M. Eiffel tire des leçons de l'expérience. Il avait constaté, dans ses différents travaux, les multiples inconvénients de la fonte exclusivement employée pour les piles de pont. Matière lourde, peu facile à manier, coûteuse, la fonte donnait cependant des résultats, supérieurs à la pierre, mais moins artistiques et moins imposants.

M. Eiffel remplaça la fonte par le fer, plus

malléable, plus léger, d'une plus grande élasticité. Peu à peu, le fer entra seul en ligne de compte.

C'est grâce à ce métal que les constructions modernes offrent cet aspect léger et aérien qui charme l'œil, au milieu même des splendeurs de la nature.

Le futur constructeur de la Tour de 300 mètres employa, pour la première fois, le fer dans la construction des piles des viaducs de la ligne de Commentry à Gannat (1868).

Lorsque l'industrie métallurgique aura donné à la production de l'acier une activité plus grande et plus pratique, à son tour, l'acier succèdera au fer.

Là ne se bornent pas les perfectionnements apportés par M. Eiffel à cet art nouveau qui donne son nom à notre le siècle : siècle du fer.

Il améliora aussi avec une remarquable science les procédés de construction.

Pour le lançage des ponts à poutres droites, il adopta les leviers et châssis à bascule. Ce moyen permet de faire des lancements d'une incroyable hardiesse avec une plus grande stabilité et une sécurité absolue. La première expérience fut tentée au viaduc de la Sioule, renouvelée à Viana, en

Portugal, où un tablier de 563 mètres de longueur fut lancé d'une seule pièce. C'est à Tardes (Allier) qu'on atteignit la plus grande portée par voie de lançage : le tablier du viaduc fut jeté sur des piles, espacées de 104 mètres d'axe en axe, à 100 mètres de hauteur.

Grâce au procédé de montage dit « en porte à faux », inventé par M. Eiffel, l'ingénieur se fait un jeu de construire, à l'infini, de ces ponts que nos pères, dans leur naïveté primitive, appelaient les « ponts du diable », tels que ceux des environs de Briançon, sur la Durance, et du canton d'Uri, sur la Reuss, en Suisse. L'essai du montage en porte à faux fut fait avec le viaduc de Garabit (Cantal); c'est, après la Tour, la merveille de la construction moderne.

Fig. 2.
Gustave Eiffel.
(D'après *l'Illustration*.)

Voici, empruntée à notre savant confrère M. Gaston Tissandier, la description de ce chemin aérien qui franchit le torrent de la Truyère : « Ce pont colossal relie deux montagnes séparées par un abîme, où coule une rivière torrentueuse.

Il a une longueur totale de 564 mètres. La partie métallique mesure 449 mètres. La grande arche centrale a 165 mètres d'ouverture; du sol de la rivière au rail, elle mesure 124 mètres. Cette hauteur de 124 mètres permettrait aux tours de Notre-Dame de passer sous le pont de Garabit, avec la colonne Vendôme, placée au-dessus en guise de paratonnerre. Le viaduc de Garabit est construit sur le type du pont du Douro, précédemment édifié en Portugal. »

A peine le dernier coup de marteau est-il donné à ces œuvres, qui prouvent la puissance infaillible et sans cesse renouvelée de la science, que M. Eiffel entreprend une construction nouvelle.

C'est ainsi qu'il en registre successivement à son bagage d'ingénieur, la gare de Pesth et le pont de Szegedin (Hongrie), la façade principale de l'Exposition de 1878, la coupole de l'observatoire de Nice, les écluses énormes du canal de Panama.

Partout où il y a des difficultés à surmonter, des risques à courir, des inventions à réaliser, des hardiesses à entreprendre, on trouve M. Eiffel, on fait appel à son génie. Et comme s'il portait la victoire sous la lime et le marteau du forgeron, partout il triomphe.

La Tour, dressant sa tête altière bien au-dessus de l'ambition des hommes, comme toutes ses constructions gigantesques qui asservissent la nature au génie scientifique, ont jeté aux quatre coins du monde ce nom estimé : honneur de la Patrie et de la civilisation !

*
* *

Après toutes ces œuvres, dont nous venons de donner une rapide énumération, M. Eiffel entreprit l'édification de sa Tour de mille pieds, fameuse d'un pôle à l'autre.

Les constructions métalliques n'arrivèrent pas, du premier coup, à cette perfection savante et à cette précision mathématique.

Ainsi que nous l'avons vu, M. Eiffel leur a fait faire de notables progrès.

C'est lui, à l'heure actuelle, qui a réalisé le chef-d'œuvre de cet art pratique de l'ingénieur.

Il n'y a pas beaucoup d'années qu'on a songé à remplacer par le fer l'antique et imposante pierre de taille. On fit d'abord une alliance entre la pierre et le fer. Le métal remplaça les poutres de bois dans les constructions. Actuellement, on peut voir en Amérique de nombreuses maisons qui ne comptent pas, dans leurs murs, un mètre cube de pierre.

En France, ce genre moderne d'architecture paraît difficilement s'implanter; c'est tout au plus si les grands bâtiments emploient les métaux. Le nouvel hôtel des Postes a fait une colossale consommation de pierre; le fer n'y règne pas.

La gare de Saint-Lazare, nouvellement édifiée, n'a guère employé plus de métal que lors de sa construction sous le second empire, par l'éminent ingénieur Flachat. Cependant, la récente expérience de la galerie des machines de l'Exposition de 1889 eût fourni d'utiles enseignements, et la salle des Pas perdus, la plus grande de Paris, eût été plus imposante et plus solennelle encore.

Cette première gare de Flachat marqua, avec les halles centrales de Baltard, les premiers essais de l'introduction du fer dans les constructions.

Que de progrès faits depuis!

Bientôt, nous verrons les vastes maisons de rapport, qui logent tout un monde, les somptueux hôtels particuliers, qui font la beauté et la richesse de Paris, construits tout en fer.

La pierre « dure », en effet, devient de plus en

plus rare et chère. L'époque n'est certainement pas éloignée où, comme tant d'autres choses, elle aura disparu de la face de la terre.

L'avenir est au fer et à l'acier, et M. Eiffel l'a magistralement indiqué avec sa Tour, comme par un point d'admiration pour le passé et un signe d'exclamation pour les temps futurs.

Les amateurs d'antiquités pourront regretter les monuments de pierre ou de brique, défiant les caprices des saisons et la durée des siècles, et aussi les ruines historiques, qui conservent dans leur enceinte les civilisations à jamais éteintes.

Le fer ne pourra-t-il pas, lui aussi, attester, dans les siècles prochains, le génie et la puissance de notre époque, ne soulevant plus de monstres de pierre, mais dressant dans le ciel, au milieu des nuages, des géants de fer.

Les flèches de pierre si délicates, si gracieuses de la Sainte-Chapelle et de Notre-Dame ont fait place à des flèches de fonte et de fer, construites sur le même modèle. Comme l'effet est changé et comme il a perdu de sa valeur artistique! Il leur manque maintenant un je ne sais quoi qui donnait une sorte d'âme et de vie à cette architecture du Moyen âge et de la Renaissance.

Malgré tous les efforts des ingénieurs pour augmenter le caractère artistique des constructions métalliques, jamais elles n'auront, à nos yeux, la majesté des monuments anciens.

En parlant de Notre-Dame de Paris, Victor Hugo a dit qu'en élevant ce « merveilleux édifice l'homme avait écrit un admirable livre de pierre ». Quand le monde aura-t-il un livre d'acier?

M. Eiffel en a peut-être formulé la magistrale préface.

D'ailleurs, cette Tour a une analogie avec les édifices imposants des autres âges : comme eux, elle forme une marche de l'escalier gigantesque que l'homme dresse à la conquête du ciel.

C'est un fait : depuis la création, l'humanité nourrit l'incessante ambition de s'élever davantage dans l'atmosphère.

La Bible parle de deux héroïques tentatives : la tour de Babel et l'échelle de Jacob.

En posant pierre sur pierre, les premiers hommes essayèrent déjà d'escalader le ciel, de connaître les mystères de l'au delà idéal. Déjà, sans doute, ils souffraient sur la terre et voulaient, d'un coup, se soustraire aux misères courantes. Mais ils étaient peu familiarisés avec les calculs

Fig. 3. — La Tour Eiffel comparée. — 1. La Grande pyramide. — 2. Cathédrale de Vienne. — 3. Cathédrale de Lichfield. — 4. Statue de la Liberté de New-York. — 5. Arc de triomphe de l'Étoile. — 6. Rathaus de Berlin. — 7. Église de Saint-Nicolas à Hambourg. — 8. Saint-Pierre de Rome. — 9. Cathédrale de Cologne. — 10. Panthéon. — 11. La statue du Niederwald. — 12. La colonne de la Victoire. — 13. Maisons de l'avenue de l'Opéra. — 14. Notre-Dame de Paris.

savants et la table de résistance des matériaux, ces primitifs architectes.

Leur fameuse tour ne dépassa peut-être pas la hauteur des grandes maisons modernes. Les pierres s'écroulèrent dans un effroyable fracas, et l'Écriture ajoute que cet ébranlement amena la confusion des langues et la dispersion des races.

Plus tard, dans son fameux songe, Jacob, lui aussi, rêva d'une échelle qui allait de la terre aux cieux. Cette échelle le mettait en communication directe avec « le Seigneur dans son propre domaine. » Comme le lion s'étend à côté de son sceptre, Jacob était couché aux pieds de son échelle.

Le ciel est la suprême aspiration de l'homme. Il l'invoque sans cesse, et il en a fait la demeure de Dieu. Plus l'homme monte haut, plus il lui semble qu'il est près de la divinité.

C'est ainsi que chez les barbares et chez les sauvages, les tribus et les sectes délibéraient au sommet des plus hautes montagnes.

Envahis par les légions césariennes, les Gaulois se réfugient sur les pics abrupts de l'Auvergne pour y discuter la défense de la patrie.

Quelques siècles après, nous voyons les astrologues braquer leurs lorgnettes vers l'espace mystérieux.

La vie est une lutte perpétuelle. Au début, l'homme disputa aux animaux le coin de terre où ils vivaient en communauté sauvage. Insensiblement, il recula les bornes de son territoire.

Aujourd'hui, tous les continents ont été successivement parcourus par de hardis explorateurs; l'homme doit parachever la conquête de l'air.

Quels succès n'eurent pas les premiers aéronautes ! Quand, pour la première fois, les Parisiens virent s'élever la fragile nacelle de Montgolfier, ils montrèrent plus de fierté que s'ils avaient vu glisser la première barque sur l'onde.

Il en est de même pour les monuments. Celui qui dresse le plus haut son faîte est aussi le plus beau : c'est le cas de le dire, on peut mesurer la perfection des civilisations à la hauteur des monuments qu'elles ont laissés.

Qui donc s'étonnera du prodigieux succès de la Tour de 300 mètres? Elle fait faire un grand pas à la secrète et ardente ambition des hommes, et comme elle laisse loin derrière elle les édifices les plus hauts du globe !

Énumérons-les :

Colonne de la place Vendôme, 43 mètres; colonne de la Bastille, 47 mètres; balustrade de Notre-Dame de Paris, 66 mètres; sommet du Panthéon, 79 mètres; Capitole de Washington, 93 mètres; cathédrale d'Amiens, 100 mètres; flèche des Invalides, 105 mètres; coupole de Saint-Paul (Londres), 110 mètres; clocher de la cathédrale de Chartres, 113 mètres; tour Saint-Michel (Bordeaux), 113 mètres; flèche de la cathédrale d'Anvers, 120 mètres; coupole de Saint-Pierre de Rome, 132 mètres; la tour de Saint-Étienne (Vienne), 138 mètres; flèche de la cathédrale de Strasbourg, 142 mètres; pyramide de Chéops (Égypte), 142 mètres; flèche de la cathédrale de Rouen, 150 mètres; tour de la cathédrale de Cologne, 156 mètres; obélisque de Washington, 169 mètres; tour de *Mole Antonelliana* (Turin), 170 mètres.

Malgré les efforts des ingénieurs et des architectes, il est difficile, dans des constructions où la pierre joue le principal rôle, de dépasser la hauteur de 170 mètres. Le poids des matériaux employés est trop considérable et exige des dispositions impraticables.

Si M. Eiffel a atteint d'emblée le double des

hauteurs permises, il ne saurait revendiquer la primeur de cette grande idée. Déjà, en 1832, lors du vote du bill de réforme qui augmentait les libertés du peuple anglais, un éminent ingénieur, Trevithick, pensa à perpétuer le souvenir de ce bienfait en élevant une colonne de mille pieds (304^{m},80). L'opinion publique accueillit favorablement ce projet. Mais Trevithick mourut au moment où son idée allait être sérieusement examinée.

En 1848, après mémoire de l'Union américaine, on reprit le projet de l'ingénieur anglais. L'Amérique décida d'ériger un obélisque de 183 mètres. En 1854, les constructeurs n'avaient atteint que 46 mètres, et la pyramide penchait de façon inquiétante. Les travaux furent suspendus jusqu'en 1877.

Enfin, on reprit les fondations, et la fameuse pyramide put atteindre la hauteur de 169 mètres.

Le 20 février 1885, jour du cinquantenaire de la fondation de Washington, on inaugura l'obélisque.

Cette gigantesque construction est toute en pierre. La base est un carré de 16^{m},75 de côté; le carré n'est plus que de 10^{m},69 au sommet. Au sortir des fondations, le mur a une épaisseur de $4^m,56$; tout en haut, il atteint seulement 70 centimètres. Jusqu'à 45 mètres de hauteur, l'obélisque a $7^m,62$ de diamètre. A partir de cette cote, il a $9^m,63$. Le chapiteau mesure $10^m,86$ de hauteur et $10^m,69$ de diamètre.

Du pied au sommet, on compte 910 marches.

L'obélisque a coûté sept millions cent mille francs. Les parements extérieurs sont en marbre blanc.

Mais cette masse de pierre ne satisfait pas les novateurs. Ce qu'on voulait, c'était construire une tour légère et d'une hauteur vertigineuse.

En 1874, en vue de l'Exposition universelle de Philadelphie, des ingénieurs américains, MM. Clarke et Reeves, conçurent le projet d'ériger une tour de 304 mètres; ils reculèrent devant les difficultés de l'exécution.

Des ingénieurs belges voulaient employer le bois pour réaliser une idée analogue.

A Turin, on inaugura, en 1889, une tour de 170 mètres; — un mètre plus haute que l'obélisque de Washington.

En France aussi, on songea à bâtir le plus haut monument du globe. En 1881, M. Sebillot établit le plan d'une tour de 390 mètres, destinée à éclairer tout Paris à la lumière électrique; 300 mètres devaient être construits en pierre, le reste en tôle.

M. Bourdais proposa à la commission de l'Exposition de 1889 un projet de tour de 300 mètres.

Quelque temps après, MM. Eiffel, Nouguier, Kœchlin, ingénieurs, et Sauvestre, architecte, présentèrent à la même commission un second projet mûrement étudié, avec devis et dessins minutieusement établis.

Après de longues discussions, après une vive polémique, dans la presse et dans le public, ce projet fut adopté.

L'idée de M. Eiffel et de ses collaborateurs excita la surprise des personnes peu familiarisées avec les découvertes modernes. On taxait couramment la Tour de 300 mètres de chimère. Tout le jour, on entendait des gens de bon sens déclarer que jamais ce monument ne pourrait s'achever.

Le mouvement de l'opinion fut considérable.

Un clan d'artistes et d'architectes, à la tête desquels se trouvait M. Garnier, organisèrent un pétitionnement contre le projet Eiffel. Les signataires, assez nombreux, nous devons le reconnaître, affirmaient, en de grandes phrases, que l'idée de construire une tour de 300 mètres blessait l'esthétique.

Aujourd'hui, le monstrueux pylône est achevé.

Il a soulevé une admiration universelle et l'on peut dire que, pendant l'Exposition de 1889, le monde entier a passé sous ses arcs fantastiques.

Le succès est contagieux.

Aussi, les détracteurs de la Tour en devinrent bientôt les passionnés admirateurs.

A quelque école artistique qu'on appartienne, on est bien obligé d'admettre que la Tour de 300 mètres n'est point banale.

Que de difficultés il a fallu surmonter pour dresser cette montagne de fer, ce colosse fragile qui, en somme, est un défi à la nature et une glorieuse victoire de la science!

*
* *

Ce n'est pas sans lutte et sans travail qu'a été remportée cette victoire. Il a fallu la persévérance opiniâtre de M. Eiffel, ses aptitudes particulières, ses précédents travaux, ses études constantes, pour triompher de toutes les résistances, pour franchir tous les obstacles, pour construire la Tour.

Par l'énumération que nous avons faite plus haut, on a vu que M. Eiffel n'a pas la priorité de l'idée; mais il a établi, le premier, le plan réalisable d'une tour de 300 mètres. Il avait, pour mener à bien son entreprise, un procédé de construction particulier. Afin d'élever un monument de cette hauteur colossale, il ne suffit pas d'en avoir l'idée; il faut encore tenir compte d'une foule de considérations mécaniques, mathématiques, météorologiques, physiques, etc.

Dans la biographie de M. Eiffel, nous avons vu qu'il était homme à tout calculer avant de rien entreprendre. C'est ce qu'il fit, de concert avec ses collaborateurs, MM. Nouguier, Kœchlin et Sauvestre; c'est ce que n'avaient pu réaliser les promoteurs de cette idée.

Avant de lancer son projet, l'éminent ingénieur voulait être sûr du succès. Il construisit la Tour d'abord sur le papier. Toutes les difficultés furent étudiées et résolues. Pour chaque pièce, pour chaque morceau, une épure fut préparée.

De cette sorte, quand M. Eiffel, en juin 1886, proposa au comité de l'Exposition de construire sa Tour, il n'y avait plus à accomplir que la main-d'œuvre. Délicate besogne, il est vrai, mais pour l'exécuter, il suffisait d'avoir des ouvriers habiles et consciencieux. M. Eiffel avait prévu le nombre des ouvriers qu'il devait employer et le temps nécessaire à la construction de chacun des étages de sa Tour.

Le 8 janvier 1887, la convention fut signée entre l'État, la ville de Paris et M. Eiffel. Les conditions dans lesquelles la construction devait se faire furent arrêtées.

Fig. 4. — M. Sauvestre, architecte de la Tour Eiffel. (D'après *l'Illustration*.)

Aux termes de cette convention, la Tour est devenue, après l'Exposition, la propriété de la ville de Paris. Pour prix des travaux, on accordait à l'ingénieur une subvention de quinze cent mille francs et l'exploitation du monument durant l'Exposition et pour les vingt années qui suivront, c'est-à-dire jusqu'en 1909.

Pour construire la Tour, M. Eiffel a constitué une Société anonyme au capital de cinq millions cent mille francs, divisé en dix mille deux cents actions de cinq cents francs.

La Tour Eiffel a donc coûté l'apport de la société, plus la subvention ; soit, six millions cinq cent mille francs.

M. de Parville a calculé que la dépense monterait plus haut que la Tour ; en effet, six millions cinq cent mille francs exigeraient une pile de pièces de vingt francs d'environ 330 mètres. Cette hauteur représente précisément l'élévation du sommet de la Tour au-dessus du niveau de la mer.

Voici le détail des dépenses :

Fondations, maçonnerie, soubassements.....	900.000
Montage métallique, fers, octroi.............	3.800.000
Peinture (4 couches, dont 2 au minium)......	200.000
Ascenseurs et machines......................	1.200.000
Restaurants, décoration, installations diverses.	400.000
Total..................	6.500.000

Nous avons dit tout à l'heure que M. Eiffel avait établi tous les plans et devis de son projet. Quand la forme fut bien arrêtée, on divisa la construction en 29 panneaux. Chaque panneau donna lieu à une épure distincte. Chacune d'elles a nécessité un grand nombre de dessins géométriques, calculés à l'aide des tables de logarithmes, à un dixième de millimètre près.

Les pièces de fer de la Tour sont au nombre de

Fig. 5. — Maçonnerie de l'un des piliers de la Tour.
(D'après l'*Illustration*.)

12,000. Pour ces 12,000 pièces, on a établi autant de dessins où les plus petits détails étaient mathématiquement indiqués, notamment la position et la grandeur des trous des rivets.

Les épures comprennent 500 dessins d'ingénieur pour le reste des panneaux; 2,500 feuilles de dessin d'atelier de 1 mètre de long sur 80 centimètres de haut.

M. Eiffel et ses intelligents collaborateurs n'ont évidemment pas travaillé seuls à ces dessins. Pendant deux ans, quarante dessinateurs et calculateurs ont été employés à l'usine Eiffel de Levallois-Perret.

Quand les dessins ont été établis, chaque pièce a été forgée, percée, terminée dans les ateliers. On la conduisait au Champ-de-Mars, et il n'y avait plus qu'à la poser mathématiquement.

Les pièces assemblées de la Tour Eiffel ne comprennent pas moins de sept millions de trous, percés par un outillage spécial.

Les plaques de tôle ayant en moyenne 1 centimètre d'épaisseur, placés bout à bout, les trous formeraient un tube de 70 kilomètres de longueur.

Les rivets employés sont au nombre de 2,500,000. Ils pèsent ensemble 450,000 kilog.

Sur ce chiffre, 800,000 ont été posés à la main sur le chantier même de la Tour.

Le poids total des 12,000 pièces de fer entrant dans la construction est de 7,300,000 kilos, et le poids total de la Tour, avec les accessoires, décorations, planchers, etc., dépasse 9,000,000 de kilos.

Voici le détail de ce poids :

Premier étage...........	3.500.000	kilos.
Premier au second.......	1.000.000	kilos.
Second au troisième.....	2.000.000	kilos.
Campanile et extrémité...	500.000	kilos.

Le nombre maximum d'ouvriers employés sur le chantier a été de 200; il a été réduit à 150 et à 100, à la fin des travaux. La paye a été de 80 centimes l'heure jusqu'au 31 août 1888; elle a été augmentée de 5 centimes à partir du 1er septembre, de 5 centimes à partir d'octobre et de novembre. A la fin des travaux, les ouvriers étaient payés à raison de 1 franc l'heure.

Le travail n'a jamais été interrompu. Le chantier était animé par les plus grands froids et par les plus mauvais temps.

C'est ce qui a permis à M. Eiffel de tenir sa parole et de terminer la Tour aux différentes époques assignées pour les fondations et les étages.

Les travaux ont été commencés le 28 janvier 1887 et complètement terminés le 30 juin de la même année.

Pendant ces cinq mois, on a exécuté 31,000 mètres cubes de fouilles et 12,000 mètres cubes de maçonnerie, dont une grande partie à l'air comprimé.

Au mois de novembre 1887, le premier étage était terminé ; le deuxième étage était fini huit mois après, et le 14 juillet 1888, on tirait un feu d'artifice sur la deuxième plate-forme. A la fin de février 1889, le troisième étage était achevé. Enfin, le 31 mars 1889, au sommet de la Tour, flottait le drapeau tricolore.

C'était un véritable tour de force.

La construction de ce monstre de fer marcha sans encombre. Rien ne clocha ; tout ce qui avait été prévu se réalisa ; aucune erreur ne fut signalée dans les calculs établis. C'est cette précision qui permit aux ingénieurs de mener leur œuvre à bonne fin.

La partie du travail la plus difficile n'était pas, comme on le croirait, le montage des étages supérieurs. La hauteur exceptionnelle du monument n'était pas un obstacle pour la main-d'œuvre. Pour les ouvriers, travailler à 300 mètres ou à une hauteur moyenne de 60 mètres, il n'y a guère de différence; l'habitude et la sécurité des « chantiers » leur donnent une assurance parfaite.

Ce qu'il y avait de plus inquiétant, c'était les fondations et les quatre piles du sol au premier étage.

M. Eiffel dut déployer toute sa science et toute son audace pour élever dans l'air les quatre pylônes de sa Tour. Il étudia d'abord le sol sur lequel devaient reposer les fondations. L'emplacement choisi par la commission de l'Exposition se trouvait sur la rive gauche de la Seine, dans l'axe du Trocadéro et du Dôme central.

Quelques personnes avaient proposé d'élever la Tour sur la petite colline du Trocadéro ou sur une hauteur quelconque, à Courbevoie ou au mont Valérien, par exemple. Cette idée fut vite abandonnée. Pour le Trocadéro, il eût fallu démolir le monument, seul souvenir de l'Exposition de 1878. En outre, les catacombes se trouvant à cet endroit du sol, les fondations eussent été peu solides.

On ne songea que peu de temps à Courbevoie. La foule des visiteurs se fût difficilement transportée aussi loin du centre des plaisirs et des curiosités du Paris de 1889. D'ailleurs, la différence d'altitude est peu importante : la colline abrupte du Trocadéro ou la hauteur de Courbevoie n'ont guère que 20 à 30 mètres de plus que le niveau de la Seine.

Et, dans un avenir plus ou moins rapproché, on peut, en ne dépensant qu'un million, déplacer la tour Eiffel.

Dans les conditions où elle a été édifiée, elle est admirablement placée. Ainsi que le constructeur l'a lui-même fait remarquer, elle formait à l'Exposition une entrée triomphale; elle dominait tout; mais elle n'écrasait rien.

Le sous-sol était favorable pour recevoir un monument d'un aussi grand poids. Les sondages pratiqués aux endroits où devaient être posées les piles de la Tour établirent que le terrain était composé d'une couche d'argile, d'une épaisseur de 16 mètres, reposant sur la craie, et surmontée d'un banc de sable, d'une hauteur moyenne de 7 mètres.

D'après les calculs, ces assises pouvaient

supporter une charge de 3 à 4 kilogrammes par centimètre carré, ce qui était amplement suffisant.

Les quatre piles ont été disposées selon les points cardinaux : celles qui se trouvent du côté de la Seine sont les piles nord et ouest.

Les fondations de ces deux dernières étaient plus difficiles à établir, à cause de la proximité du fleuve et du peu d'épaisseur de la couche de gravier. On dut faire un sondage de 17 mètres de profondeur.

La pile qui regarde Paris (nord) fut assise sur une couche incompressible de béton de 6 mètres; celle d'ouest, sur une couche analogue de 3 mètres. Les fondations est et sud marchèrent sans difficultés; mais, pour les deux autres, on employa le système des fondations à l'air comprimé, que nous avons décrit plus haut.

M. Eiffel se servit de caissons en tôle, de 15 mètres de longueur sur 6 mètres de largeur; et au nombre de quatre pour chaque pile. Ces fondations offrent la sécurité la plus absolue; tout danger de tassement a été écarté. La pression exercée sur le terrain, eu égard à la grande surface d'appui, ne dépasse pas 4 kilogrammes par

Fig. 6. — La Tour Eiffel. — État des travaux au 1er mars 1888.
(D'après *l'Illustration.*)

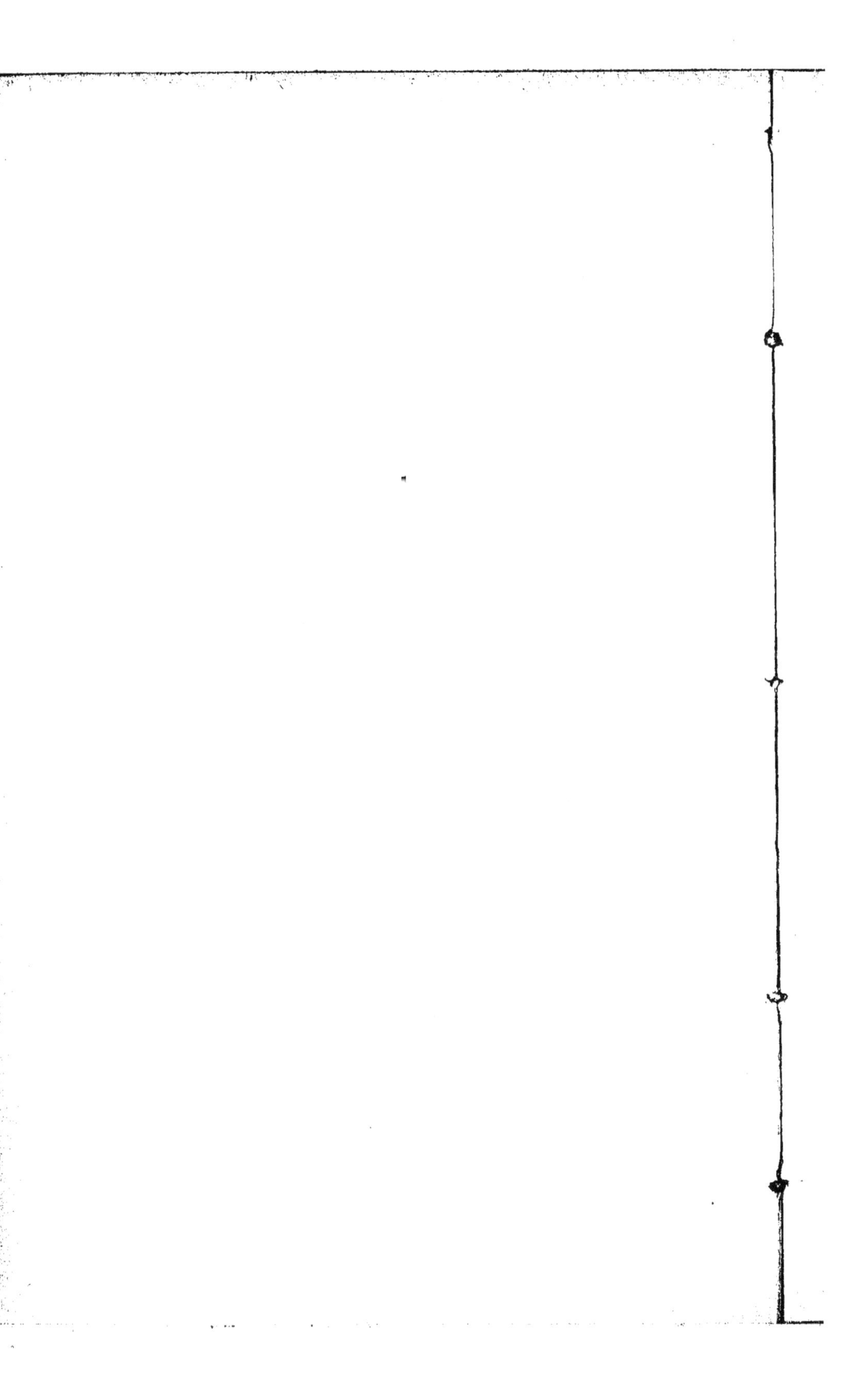

centimètre carré; elle est moindre, même par les plus grands vents, que celle d'une maison à cinq étages. Cette pression est égale, à peu près, à celle d'un mur de 9 mètres de hauteur.

On sait que chaque grand pied de la Tour est formé par quatre montants de section carrée, de 15 mètres de côté; chacun de ces montants a sa fondation particulière.

Aux angles de ce grand carré de maçonnerie, on a superposé, en saillie, deux revêtements de pierre de taille, qui servent de base à chaque montant métallique. Ces revêtements sont inclinés à 52°. Ils sont construits en pierre de Château-Landon, sans danger d'écrasement; ils peuvent supporter, d'après des expériences faites aux Arts et Métiers, un poids de 1,235 kilogrammes par centimètre carré. La Tour n'exerce sur eux qu'une pression de 30 kilogrammes par centimètre carré. La pierre ne travaille qu'au quarantième de sa force.

La sécurité est donc absolue du côté du sol, des fondations et des matériaux employés. M. Eiffel a voulu prendre toutes les précautions et éviter tous les accidents. Pour obvier à un renversement improbable de la Tour, au centre de chacun des massifs de maçonnerie, on a noyé de grands boulons d'ancrage, de 7m,80 de longueur sur 10 centimètres d'épaisseur.

Cet ancrage n'est pas nécessaire pour assurer la stabilité de la Tour, que son poids propre ferait résister à tous les glissements et à tous les arrachements; ce n'est qu'une suprême mesure de sécurité.

L'ancrage avait surtout été fait en vue du montage en porte à faux. La partie réelle de la Tour, c'est-à-dire le métal, est reliée aux fondations à l'aide d'énormes sabots en fonte et de longs fers à T. Les boulons dont nous avons parlé tout à l'heure engaînent les sabots; ces derniers pèsent chacun 5,500 kilos.

Dans le milieu des sabots, on a placé une pièce d'acier fondu, du poids de 2,700 kilos. Cette pièce pénètre dans une chambre, ménagée dans l'intérieur de la masse de fonte; elle est en contact avec le piston d'une presse hydraulique, dont nous indiquerons l'emploi.

En dehors des massifs de maçonnerie, la base de chaque pied et les sabots de fonte sont masqués par un soubassement décoratif en béton Coignet, supporté par une ossature métallique.

Les murs qui portent ce socle sont fondés sur des piliers avec arcades et forment un carré, de 26 mètres de côté. Toute cette maçonnerie est noyée au niveau du sol par un remblai, sauf pour la pile sud, où on a ménagé une cave destinée à loger les machines nécessaires au fonctionnement des ascenseurs. Ces machines ont été prévues pour une force de 500 chevaux.

Partis des fondations, nous allons faire pas à pas l'ascension de la Tour Eiffel, nous arrêtant à chaque détail, expliquant toutes les difficultés de la construction et du montage. C'est ainsi qu'avant de sortir des fondations, nous devons parler des presses hydrauliques, auxquelles nous avons fait allusion tout à l'heure, et des précautions indispensables pour isoler la Tour du fluide électrique.

Au début, ce curieux monument eut contre lui toutes les préventions. Personne ne croyait à la réussite de M. Eiffel. D'innombrables objections surgirent; chacun donnait la sienne. Pour un peu, on eut mêlé à cette idée scientifique les présomptions de la sorcellerie défunte. Les journaux se firent les éditeurs de ces craintes chimériques. Ne disait-on pas que la Tour serait un danger permanent pour tout Paris ? Ce colosse de fer attirerait au-dessus de la capitale l'électricité de la région ; vienne le moindre orage, et une notable partie de la ville serait victime de la foudre.

Mais les pessimistes comptaient sans les incessants progrès de la science. Grâce à elle, au contraire, la Tour Eiffel allait devenir un immense paratonnerre, qui étendrait, dans un vaste rayon, son influence protectrice.

Le 24 juin 1886, une commission, composée de MM. Becquerel, Mascart et Georges Berger, arrêta les « précautions à prendre pour protéger la Tour contre les accidents de la foudre ». Il fallait que la grande masse métallique fût en communication parfaite et constante avec la couche aquifère du sous-sol, par le moyen de conducteurs capables de débiter la quantité considérable de fluide électrique dont il faudra assurer l'écoulement pendant les jours d'orage.

Les prescriptions indiquées par les savants furent scrupuleusement exécutées.

La foule peut parcourir la Tour sur toutes les plates-formes et à tous les étages sans aucun danger.

Pendant l'été de 1889, Paris a eu à essuyer de nombreux et grands orages. A plusieurs reprises, la foudre frappa les parois de la Tour Eiffel à différentes hauteurs. Jamais les visiteurs ni le personnel ne s'aperçurent de ces incidents atmosphériques.

L'écoulement de l'électricité se fait, pour chaque pile, par deux tuyaux en fonte, de 50 centimètres de diamètre, dans lesquels circulent des câbles en fils de fer, en relation directe avec la Tour. Chacune de ces lignes de tuyaux a une longueur de 124 mètres. Les conducteurs sont mis en communication avec les parties métalliques basses de la Tour au moyen de lames de cuivre à grande section.

Ils émergent du sol par des puits maçonnés, de 1 mètre de diamètre, qui permettent de constater fréquemment l'état des soudures épanouies et des attaches des conducteurs de cuivre avec les tuyaux.

Ainsi protégée, la Tour constitue le plus puissant paratonnerre qu'on ait jamais vu ; elle défie impunément le plus violent feu du ciel.

La partie métallique qui se trouve au-dessus du sol va pouvoir se dresser hardiment dans les airs. Une à une, les pièces de fer vont être apportées toutes prêtes, immédiatement posées et, peu à peu, le colosse atteindra la hauteur voulue.

Donnons-en une rapide description, afin de rendre plus clair le récit de la construction.

La forme de la Tour n'a pas été créée par l'imagination des ingénieurs : elle est aussi l'œuvre d'un rigoureux calcul. M. Eiffel avait à tenir compte de la force du vent. Après de sérieuses études, il parvint à déterminer la forme à donner à son immense pile. Comme il a pu le dire lui-même, la Tour est, en quelque sorte, moulée sur le vent.

Elle peut résister à une pression anormale de 400 kilogrammes au mètre carré; soit, pour l'édifice entier, à un vent exerçant une pression de trois millions de kilogrammes. A Paris, jamais la force du vent n'a dépassé 150 kilos.

On est donc certain que la Tour ne sera pas renversée par un ouragan déchaîné.

Sa stabilité, malgré les apparences légères, est donc mieux assurée que celle des édifices les plus lourds.

On peut facilement s'en rendre compte. La

Tour a été divisée en trois parties ou étages. Le premier, de $57^{m},63$, affecte la forme d'une pyramide quadrangulaire. Les arêtes prennent leur point d'appui à la partie supérieure. Il n'est pas inutile de faire remarquer que les grands arcs compris dans ce quadrilatère n'ont aucune utilité effective : ils concourent seulement à la décoration architecturale du monument. Le second étage est à la hauteur de $115^{m},73$. Il est formé de quatre piles à arêtes curvilignes, qui semblent prolonger les quatre montants inférieurs; en réalité, elles sont indépendantes et ont leur stabilité propre.

Enfin, de cette hauteur de 115 mètres jusqu'au sommet, part une membrure unique, qui aboutit au campanile, au-dessus duquel flotte le drapeau tricolore.

Voilà pour l'ensemble du monument.

Voyons maintenant comment les diverses parties ont été construites.

Le premier étage était le plus difficile à atteindre à cause de l'inclinaison des quatre grandes piles de la Tour.

Chaque grand pied de support forme un prisme à base quadrangulaire, de 15 mètres de côté. Ces quatre arbalétriers sont reliés entre eux par des pièces de fer ajourées, disposées en croix de Saint-André et par des traverses horizontales également ajourées. Les croix de Saint-André sont encadrées par les montants et les traverses. Chaque cadre forme un panneau de 12^{m},50 de haut.

Le premier étage comprend quatre panneaux ainsi établis.

Les pièces destinées à construire les montants sont des tronçons de poutres creuses, de 0^{m},80 de côté, et pesant de 2,000 à 3,000 kilogrammes. Un chemin de fer spécial les apportait à pied d'œuvre; il n'y avait plus qu'à les réunir bout à bout.

C'était précisément la difficulté.

L'obstacle venait de l'inclinaison des piles, forte de 54 degrés. Il fallait dresser les montants dans l'espace, employer le système spécial à M. Eiffel et dit en porte à faux.

Cette disposition pouvait faire craindre le renversement des piles. La chute n'était à redouter qu'à une certaine hauteur, quand la projection du centre de gravité tombait en dehors du carré de maçonnerie des fondations. Cette hauteur a été calculée à 30 mètres. Le danger de renversement était écarté par les gros boulons d'ancrage dont nous avons parlé. Jusqu'à 30 mètres d'élévation, la construction s'est effectuée à l'aide des procédés ordinaires.

Des bigues ou chèvres, munies de treuils de levage, montaient les pièces à l'endroit précis où elles devaient être fixées. Les tronçons mis bout à bout étaient réunis par huit plaques, appliquées deux par deux sur chaque face du montant, l'une au dehors, l'autre en dedans. Les plaques étaient percées de seize rangées de trous, destinés à recevoir des boulons provisoires. Les traverses et les entretoises furent ensuite posées.

Ce travail achevé, les riveurs succédèrent aux monteurs. Les boulons furent remplacés par les rivets, posés à chaud.

Voici comment on procède pour cette opération :

Un ouvrier nommé « teneur de tas » enfonce le rivet dans le trou préparé, en le tenant par la tête. Le riveur frappe sur l'extrémité opposée qui, chaude, s'écrase sur le marteau et forme une seconde tête. Un dernier ouvrier achève le travail des précédents en solidifiant le rivage. Pour cela, il frappe à tour de bras, avec un marteau du poids de 6 kilos, sur les têtes des rivets.

On atteignit ainsi sans encombre la hauteur de 30 mètres. Pour éviter le renversement, on dut construire des échafaudages perpendiculaires, qui rejoignaient les piles métalliques. Ces échafaudages étaient en bois, et au nombre de douze pour les quatre grands pieds de la Tour; ils nécessitèrent 600 mètres cubes de bois. On les fit reposer sur un pilotis battu au refus, afin d'éviter le tassement.

Les pylônes étaient surmontés de boîtes à sable, sur lesquelles venaient s'appuyer les arbalétriers. A l'aide de cet appui provisoire, on put continuer jusqu'au premier étage le montage en porte à faux.

Les boîtes à sable étaient aussi un moyen de réglage pour l'inclinaison des piles. Voulait-on abaisser un arbalétrier? On faisait écouler du sable, et la partie métallique s'abaissait en proportion du sable perdu. Était-il, au contraire, nécessaire de remonter une pile? De puissants vérins, prenant leur point d'appui sur la plateforme de bois, haussaient la masse de fer. Et ces remaniements ne s'exerçaient que pour des variations de millimètres.

On voit combien M. Eiffel était maître de sa

Fig. 7. — Riveurs et teneur de tas.
(D'après *l'Illustration.*)

construction et quelles minutieuses précautions il avait prises pour éviter de redoutables à-coups.

Quand les quatre piles furent arrivées à la hauteur de 50 mètres, il fallut les réunir avec les poutres transversales.

C'est pour cette besogne que la précision devenait indispensable.

Une erreur d'un dixième de millimètre pouvait compromettre la stabilité future de la Tour de 300 mètres.

Les poutres horizontales ont 7^{m},50 de hauteur et pèsent chacune 70,000 kilogrammes. Il était impossible de les lancer dans l'espace, car on ne possédait aucun appui ni à droite ni à gauche. Elles atteignaient, sur chaque face, une portée de 42 mètres de longueur.

On dut construire de nouveaux échafaudages en bois, de 45 mètres de hauteur, établis de façon à offrir à leur partie supérieure une plate-forme de 25 mètres de côté. Chaque pile nécessita un de ces échafaudages. Les tronçons de poutres furent hissés sur les plates-formes. Ainsi amorcé, le montage fut continué en porte à faux, selon les procédés communément employés pour les ponts.

Ce travail étant conduit simultanément sur chaque face de la Tour, on est arrivé à constituer, par les poutres horizontales, un cadre puissant, sur lequel sont venues se reporter les poussées dues à l'inclinaison des quatre piles.

Dès ce jour, M. Eiffel pouvait dire que la construction de l'œuvre n'était plus qu'une question de temps. Les principales difficultés, celles qui avaient permis aux pessimistes de taxer de chimère les projets de M. Eiffel, étaient victorieusement surmontées.

Ce fut partout un immense enthousiasme. Des ingénieurs du monde entier adressaient à M. Eiffel leurs cordiales et louangeuses félicitations.

A partir de ce moment surtout, le public s'enthousiasma pour l'œuvre gigantesque de l'éminent ingénieur.

Dans le monde officiel, on n'était pas moins satisfait. Au ministère du commerce, on avait accepté, non sans une légitime appréhension, l'idée de M. Eiffel. Un rapport de M. Contamin, ingénieur en chef du contrôle des constructions métalliques, vint calmer toutes les craintes, ouvrir la porte à toutes les espérances. Elles se sont complètement réalisées pendant cette année où la France déploya devant l'étranger sa puissance industrielle, son génie scientifique et sa rare énergie nationale.

Et la Tour Eiffel fut la grande attraction de cette Exposition merveilleuse, où se pressaient, dans une foule sympathique, les peuples et les races de l'univers!

Voilà le premier étage de la Tour terminé. Les ouvriers ont formé un plancher de fer à 53 mètres de hauteur; nouveau sol, d'où la construction va repartir et élever dans les airs sa quille légère.

Mais arriver à ce résultat n'était pas une petite besogne. Il était surtout délicat de joindre les poutres horizontales et les arbalétriers des quatre piles. Comment faire coïncider les deux cents trous des grands goussets de liaison entre eux? N'oublions pas que cette précision devait être obtenue à 50 mètres de hauteur, et avec des piles inclinées. Il était impossible qu'une erreur, si petite qu'elle fût, n'arrivât à se produire. Le tassement des douze pylônes ou des quatre grands échafaudages pouvait, seul, provoquer une déviation de quelques centimètres.

C'est alors qu'on put apprécier la rare perspicacité de M. Eiffel et la docilité servile qui conduisait la construction. Nous avons vu, lors de la description des fondations (page 44), que chaque pile reposait sur un sabot de fonte, dans lequel était encastré un contre-sabot d'acier.

Nous allons voir l'utilité de ces deux pièces.

Elles servent à l'articulation de la Tour et à assurer, à tout moment, sa parfaite stabilité. Les sabots sont en contact avec le piston d'une presse hydraulique, capable de soulever un poids de 900,000 kilogrammes. Chaque montant supportant 500,000 kilos, les presses hydrauliques peuvent donc, sans difficulté, soulever la Tour tout entière.

C'est ce qui a été fait plusieurs fois au cours de la construction.

On assurait ainsi une constante régularité dans la direction des montants. Pour cela, on introduisait, entre le sabot de fonte et le contre-sabot d'acier, une cale destinée à relever une pile trop inclinée. Un puissant vérin, mû par les presses hydrauliques, assure cette délicate opération.

M. de Parville donne de ces vérins, sortes de vis de réglage, qui ne sont pas la moindre curiosité de l'édifice, la description suivante :

« Le vérin employé se compose d'un cylindre d'acier forgé, de 62 centimètres de diamètre extérieur, avec des parois de 95 millimètres d'épaisseur. A l'intérieur peut se mouvoir un piston d'acier. Le cylindre est en relation, par un tuyau de 6 millimètres, avec une pompe foulante. L'eau est refoulée sous le piston et le soulève. Le piston fait monter la pièce d'acier et la pièce d'acier soulève le montant. Ce poids énorme est déplacé, au moyen de l'appareil, par deux hommes qui suffisent pour mouvoir le levier de la pompe foulante. Il est donc vrai de dire que quelques hommes pourraient à eux seuls soulever toute la Tour de 300 mètres. »

A l'aide de ces vérins, on put amener les quatre piles à leur position respective et faire coïncider les trous des montants avec ceux des poutres horizontales. On ne devait d'ailleurs mouvoir les piles que de quelques millimètres.

Les rivets posés, le premier étage était complètement terminé.

Il s'agissait d'entreprendre la seconde partie de l'œuvre colossale.

Le deuxième étage était plus facile à monter

que le premier. Les piles, à partir du plancher, sont droites; on peut employer les procédés ordinaires de construction et abandonner le montage en porte à faux.

Nous savons que les pièces étaient ajoutées les unes au-dessus des autres au moyen de chèvres. Ce procédé ne put être employé que jusqu'à la hauteur de 26 mètres. A partir de ce moment, on se servit de grues spéciales, fixées aux pièces qu'elles avaient apportées à destination.

Ces grues pesaient 12,000 kilos, avaient 12 mètres de portée et 4,000 kilos de force. Elles étaient posées sur les deux poutrelles destinées à former le chemin des ascenseurs futurs. On les boulonnait provisoirement. Au moyen d'une vis spéciale, on les hissait de 4 mètres en 4 mètres. Les tronçons de fer étaient montés à leur tour par de longues chaînes d'acier et apportés juste à l'endroit où ils devaient être fixés.

Ces grues, au nombre de quatre pour la Tour, étaient à pivot, afin de pouvoir amener les pièces dans toutes les directions; elles servirent jusqu'à la hauteur de 150 mètres. Afin de leur conserver la position verticale, l'inclinaison des montants

Fig. 8. — M. Eiffel arborant le drapeau tricolore au sommet de la Tour.
(D'après *l'Illustration.*)

diminuant au fur et à mesure de l'élévation, on les avait munies d'une vis spéciale.

Les précautions nécessaires avaient été prises en cas de rupture du châssis qui supportait ces appareils; un vérin de sûreté les soutenait en plus des boulons.

On établit un nouveau chantier au premier étage de la Tour. Un treuil à vapeur fut installé, qui monta les pièces depuis le sol jusqu'à la hauteur de 55 mètres. Les grues venaient prendre ces tronçons sur la plate-forme pour les conduire à pied d'œuvre.

Le montage s'opéra ainsi de la même façon jusqu'au deuxième étage, où un nouveau plancher de fer fut établi, à 115 mètres de hauteur. A 160 mètres, il fallut établir un autre plancher intermédiaire.

A cette hauteur, les quatre piles se rejoignent et la Tour ne forme plus qu'une pyramide quadrangulaire verticale.

Un treuil, semblable à celui du premier étage, fut installé sur le plancher du second étage et sur le plancher intermédiaire.

Deux des quatre grues furent modifiées pour le montage de la partie supérieure. On les fixa sur des piliers verticaux destinés au guidage des ascenseurs du second au troisième étage.

Quand on atteignit le deuxième étage, on enleva les douze pylônes de 26 mètres et les quatre échafaudages de 50 mètres. La Tour se supportait elle-même. Aucun mouvement ne se produisit dans le colosse de fer. Enfin, l'on posa l'arc monumental qui fait voûte sur chaque façade de la Tour. Cet arc ne sert qu'à l'ornementation ; il n'a pas, comme on pourrait le croire, un rôle actif dans l'édifice.

Il ne restait plus qu'à établir le campanile final, ce qui fut bientôt fait. Le 31 mars 1889, avait lieu la cérémonie officielle d'inauguration : le drapeau tricolore flotta au sommet du plus haut monument que le génie de l'homme eût élevé sur la terre.

*
* *

Voilà donc la Tour Eiffel terminée ! Le géant dresse dans l'air son immense squelette de fer.

Il faut lui donner des organes, une vie, une âme ; éclairer le phare : œil prodigieux qui voit tout, qui lance au delà des maisons, des plaines, des bois, des collines, ses rayons lumineux, comme un nouveau soleil éclairé par la science des hommes.

A partir du 1er avril 1889, la Tour s'animait chaque jour davantage. Petit à petit, les ouvriers faisaient place aux visiteurs ébahis, et bientôt la Tour devint une fourmilière aérienne. De la terre, les grappes humaines qui font l'ascension de l'aiguille de fer ressemblent à une fantastique procession de fourmis ; elles disparaissent dans les dentelles métalliques comme les insectes dans les frondaisons des chênes. On ne distingue pas les escaliers flanqués sur les montants. Les voyageurs disparaissent et reparaissent tour à tour, grimpent comme s'ils s'accrochaient aux membrures de fer.

Approchons et voyons comment on monte dans la Tour en escaladant ses trois étages.

L'accès en est facilité par quatre escaliers, un pour chaque pile, et par des ascenseurs.

L'escalier de la pile ouest est destiné à la montée; on réserve celui de la pile est à la descente. Ces deux escaliers ont 1 mètre de largeur; ils sont droits, et de nombreux paliers ont été disposés sur leur développement; l'ascension en est très facile. Ils se composent de 360 marches, ce qui équivaut environ à trois fois la hauteur d'une maison parisienne de cinq étages. Ces deux escaliers peuvent facilement livrer passage à plus de 2,000 personnes à l'heure.

On accède du premier au deuxième étage par quatre escaliers hélicoïdaux, de 60 centimètres de largeur; deux sont affectés à la montée, deux à la descente. Ils sont plus raides que les précédents et comprennent 380 marches.

Du deuxième au troisième étage, on monte à l'aide d'un escalier perpendiculaire, de 60 mètres de hauteur et divisé en 1,062 marches. Cet escalier est réservé au service du personnel de la Tour; le public n'y est pas admis.

Ainsi, pour monter jusqu'au sommet de l'édifice, il est nécessaire de franchir 1,792 marches; on peut facilement le faire en l'espace de quarante minutes.

Avec un peu de volonté et beaucoup de jarret, cette ascension n'est pas impossible. Elle seule permet de se rendre compte du prodigieux travail accompli par les ingénieurs, pour dresser, les unes au-dessus des autres, les 12,000 pièces de fer qui composent la Tour. Mais beaucoup de personnes s'attachent moins à l'œuvre de M. Eiffel qu'au panorama qu'elles découvrent dans un horizon circulaire.

Ceux-là qui veulent seulement juger de la « vue » sans s'arrêter à la science de l'ingénieur, prendront les ascenseurs.

Avouerai-je que je préfère l'ascension pédestre? De cette façon, au moins, on se figure toucher du doigt chacune des parties de la Tour, la voir dans ses détails, la juger dans son ensemble.

Et n'a-t-on pas la ressource sentimentale d'offrir à M. Eiffel le sacrifice de ses pas et de sa fatigue? Mais tout le monde n'a pas des jambes de vingt ans, et M. Eiffel a voulu que sa Tour soit accessible à tous.

C'est pourquoi il a pris ses dispositions pour que des ascenseurs fussent installés dans sa construction. Ces ascenseurs sont de trois systèmes, qui ont été adoptés après de sérieuses réflexions :

1° Le système Roux, Combaluzier et Lepape ;

2° Le système Otis ;

3° Le système Edoux.

Ces différents systèmes, que nous allons succinctement décrire, ont été imposés par la diversité des altitudes qu'ils devaient aborder.

Le premier étage est desservi par quatre ascenseurs : deux du système Roux, Combaluzier et Lepape et deux du système Otis. Pour monter jusqu'au deuxième étage, on emploiera deux ascenseurs Otis. Enfin, pour le troisième étage, c'est le système Edoux qui a été adopté.

L'ascenseur de MM. Roux, Combaluzier et Lepape est mû par un piston propulseur. Mais, en raison de l'inégalité des courbes à parcourir et de la distance à franchir, on ne pouvait employer le piston rigide ordinaire. Ayant à construire un appareil spécial, les ingénieurs ont dû recourir à des moyens spéciaux. C'est ainsi qu'ils ont créé le piston articulé.

Dans cet ascenseur, la cage est poussée par deux pistons latéraux, installés le long des montants inclinés du pied de la Tour. Les propulseurs sont composés de tiges de fer forgé, de 45 millim. de diamètre et de 11 mètres de long, reliées entre elles comme les maillons d'une chaîne.

Ils sont enfermés dans une gaîne, qui empêche toute déviation latérale. Le tuyau de fonte est percé d'une rainure, qui laisse le passage à l'attache de la cabine au piston. Cette colonne vertébrale de fer forme une chaîne sans fin.

Elle passe sur une poulie fixée au premier étage

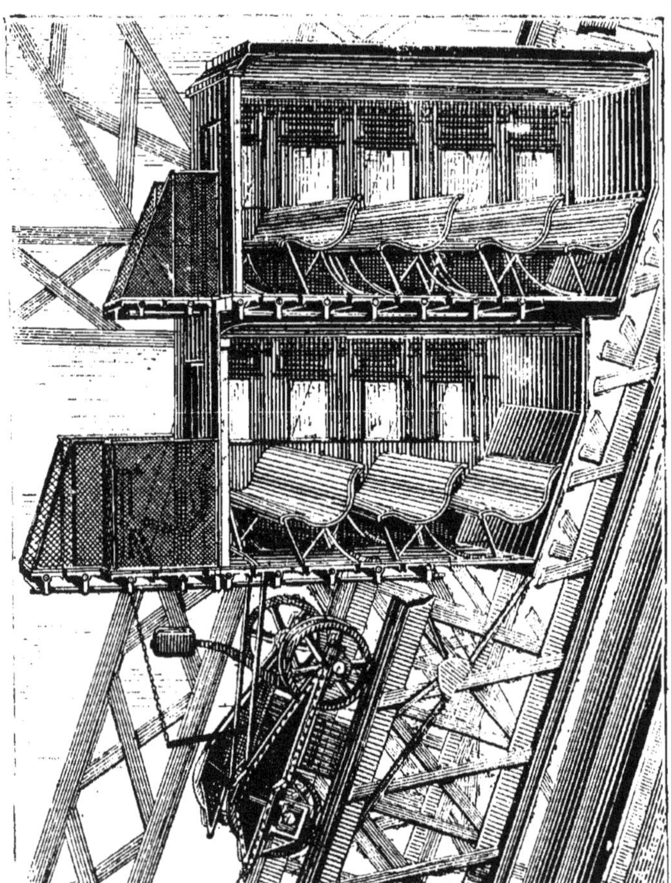

Fig. 9. — Coupe de l'ascenseur Roux, Combaluzier et Lepape.

et vient prendre sa force sur une roue à empreintes, mue par une machine hydraulique.

Suivant que la roue tourne dans un sens ou dans l'autre, la cage de l'ascenseur monte ou descend. Le mouvement est imprimé à la roue par un double système de pistons plongeurs, de 1 mètre de diamètre et de 5 mètres de course, sous l'action de l'eau contenue dans des réservoirs, situés à 115 mètres de hauteur, c'est-à-dire à la deuxième plate-forme.

L'ascenseur parcourt 1 mètre par seconde; une minute est donc nécessaire pour atteindre le niveau du premier étage.

La cabine contient 100 voyageurs. Il n'y a qu'une cabine pour chaque pile; elle est à deux étages et a 5 mètres de hauteur. Les banquettes sont installées dans l'intérieur.

On peut aisément effectuer 12 voyages à l'heure.

Comme pour tous les autres ascenseurs, la sécurité est absolue. En effet, les pistons sont prisonniers dans leurs gaînes de fonte. Viendraient-ils à se rompre tous les deux, soit à la descente, soit à la montée, que l'ascenseur resterait immobile, arrêté comme par enchantement.

Tout différent est l'ascenseur Otis, qui va jusqu'au deuxième étage.

Ce système nous vient d'Amérique, où il est d'un constant usage; il est basé sur le principe de la moufle.

Voici en quoi il consiste.

Un cylindre en fonte, de 0m,95 de diamètre et 11 mètres environ de longueur, est placé, parallèlement à l'inclinaison des arbalétriers, dans le pied de la Tour. Un piston se meut dans ce cylindre. La tige du piston agit sur un chariot, portant six poulies mobiles, de 1m,50 de diamètre; chacune de ces poulies correspond à une autre poulie fixe de même diamètre, de façon à constituer un véritable palan de dimensions gigantesques, mouflé à douze brins.

Chaque mouvement du piston se trouve multiplié par l'action de la moufle, dans la proportion de 1 à 12. Dans ces conditions, lorsque le piston hydraulique a parcouru 12 mètres, le câble mouflé, auquel la cabine est reliée, a atteint la hauteur de 115 mètres, c'est-à-dire le deuxième étage.

Une partie de la charge de la cabine est équilibrée par un contrepoids qui, en roulant, se déplace sous le chemin des ascenseurs.

La cabine est suspendue par six fils d'acier, dont deux sont reliés au contrepoids et quatre au système des moufles. Un seul de ces fils pourrait, sans se rompre, supporter le poids et la charge de la cabine.

En outre, celle-ci est pourvue d'un frein de sûreté à mâchoires, qui fonctionnerait automatiquement, en cas de rupture ou d'allongement anormal de l'un des câbles d'acier. Il en est de même du contrepoids.

Ces freins ont été expérimentés avec un plein succès.

La cabine de l'ascenseur Otis est la même que pour le précédent système. Elle ne contient que 50 voyageurs; mais la vitesse ascensionnelle étant le double de celle de l'ascenseur Roux, elle pourra, dans le même espace de temps, transporter autant de voyageurs.

Il ne nous reste plus qu'à indiquer comment on monte du deuxième au troisième étage, pour terminer la description complète des différents systèmes d'ascension mécanique de la Tour. C'est l'ascenseur Edoux qui est employé dans la partie supérieure du monument de fer. M. Edoux est un des principaux constructeurs parisiens. Son système a déjà été employé pour les tours du Trocadéro qui, pendant l'Exposition de 1878 et depuis cette date, ont reçu tant de visiteurs de tous les pays.

La distance comprise entre le deuxième et le troisième étage est de 160 mètres, c'est-à-dire un peu plus du double de la hauteur du Trocadéro.

Cet ascenseur est le plus intéressant et le plus ingénieux. Il constitue certainement une des curiosités de la Tour de 300 mètres. Dans une conférence faite à l'École des hautes études commerciales, M. Eiffel en a donné la description suivante :

« Un plancher intermédiaire, disposé à mi-hauteur entre le deuxième étage et la plate-forme supérieure, est le point de départ de l'ascenseur Edoux ; c'est-à-dire d'un ascenseur hydraulique vertical à piston plongeur, analogue à celui du Trocadéro, dont la cabine est disposée sur l'extrémité de ce piston. Cette cabine assure le transport depuis le plancher intermédiaire jusqu'à la plate-forme supérieure, soit une course de 80 mètres.

« Elle est reliée par des câbles à une deuxième, qui forme contrepoids et qui effectue le transport des voyageurs du deuxième étage jusqu'à ce plancher intermédiaire sur une hauteur égale de 80 mètres, de manière qu'à l'aide de ces deux cabines, voyageant en sens contraire et par un simple transbordement à mi-hauteur, on accomplit une course totale de 160 mètres.

« Le guidage de l'ascenseur est constitué par une poutre-caisson pleine, occupant le centre de la Tour, d'une hauteur de 160^{m},40, et par deux autres poutres de sections plus petites, l'une, à gauche, allant du second étage au plancher intermédiaire, et l'autre, à droite, allant de ce dernier plancher au sommet de la Tour.

« La première cabine est portée par deux pistons de presse hydraulique, de 0^{m},32 centim. carrés, et se déplaçant dans des cylindres en acier, de 0^{m},38 de diamètre. Ces deux pistons sont articulés à leur partie supérieure sur un palonnier, dont le milieu porte la cabine ; de cette façon, celle-ci s'élèvera toujours régulièrement, sans être influencée en rien par les légères variations de vitesse des pistons, variations ne pouvant résulter, et cela dans une très faible mesure, que de frottements inégaux aux garnitures des pistons.

« De la partie supérieure de cette cabine et des deux extrémités du palonnier, partent quatre câbles, qui, passant sur des poulies établies au sommet de la Tour, soutiennent la deuxième cabine; deux des câbles s'attachent sur un palonnier, au milieu duquel est suspendu cette cabine; les deux autres câbles sont fixés directement au corps de la cabine même et sont destinés à servir de système de sécurité.

« Les deux cylindres moteurs des cabines sont alimentés par un même distributeur, assurant ainsi, dans chacun d'eux, une admission égale et donnant pour le piston des déplacements égaux.

« Ce distributeur est alimenté lui-même par un réservoir, situé au sommet de la Tour et d'une capacité d'environ 20,000 litres.

« Un frein très puissant, emprunté au dispositif indiqué par M. Backmann, permet de répondre absolument de tout accident et d'affirmer que, même dans le cas de rupture d'un organe important de l'ascenseur, les visiteurs portés par la cabine n'auraient à redouter aucune chute. »

Les cabines élèvent 750 personnes à l'heure; elles peuvent, dans une surface de 14 mètres carrés, contenir environ 63 personnes. Elles parcourent 90 centimètres à la seconde. L'ascension dure 5 minutes, de la deuxième à la troisième plate-forme.

A une hauteur de 80 mètres, on change de cabine, ainsi que nous l'avons expliqué plus haut; ce transbordement se fait par deux chemins distincts et par conséquent sans perte de temps.

L'ensemble des ascenseurs permet d'élever par heure, 2,350 personnes au premier et au deuxième étage et 750 au sommet.

La durée de l'ascension, de la base au sommet, sans arrêt, est de 7 minutes.

Les pistons qui actionnent les différentes cabines sont mûs eux-mêmes par plusieurs systèmes de pompes à vapeur : les unes du système Girard, pour les ascenseurs Roux et Otis; les autres du système Worthington, pour l'ascenseur Edoux. Ces pompes nécessitent un travail de 500 chevaux.

Maintenant que nous avons vu comment on pouvait monter dans la Tour Eiffel, faisons une rapide ascension et jetons sur chacune des plates-formes un rapide coup d'œil.

Le premier étage est le plus curieux. C'est tout un monde; une vaste fourmilière où la foule se croise, se coudoie, admire en chœur, fait la même promenade comme un pieux pèlerinage. Nous sommes à $57^{m},63$ du sol. Le plancher forme un carré de 70 mètres de côté; il a 4,200 mètres de surface. Au centre, un trou également carré, de 200 mètres. Tout autour règne une galerie couverte à arcades dorées, de $2^{m},60$ de largeur et de 280 mètres de développement.

On dirait un boulevard où les passants circulent comme dans un kaleïdoscope fantastique. Regardez les visiteurs qui admirent. Quel endroit délicieux pour le philosophe! Il semble que les hommes, en franchissant le seuil de cette tour, ont abandonné leur masque et laissent voir leur âme. On est si haut! Plus d'hypocrisie, de la franchise. Au loin les soucis quotidiens; place à la belle humeur! La joie commune établit un lien entre tous. La lutte pour la vie fait trève; on fraternise. Demain peut-être on se combattra; demain est loin.

En attendant, les regards s'allument: ils laissent voir une certaine fierté. Ne dirait-on pas que cette tour est l'œuvre de tous les hommes? A les voir, ces visiteurs, on croirait que chacun d'eux a travaillé au plan, établi les calculs, hissé une membrure, rivé un boulon, frappé un coup de marteau.

Au fond, il y a un peu de vrai, dans cette impression de la foule. Il appartient à M. Eiffel d'avoir réalisé l'idée, il a été le cerveau qui commande et la main qui exécute; cependant, l'humanité tout entière peut invoquer sa part du labeur colossal par les savants qui se sont succédé depuis des siècles, dont le nom peut être oublié, mais dont les découvertes ont survécu.

Quelle agréable existence on mènerait sur la Tour! Les hommes y sont meilleurs. On peut y boire, y manger, y lire, y fumer; M. Eiffel, lui, peut y dormir. Ici un café, là un restaurant, à côté un marchand de journaux, ailleurs un bureau de tabac, plus loin un kiosque où l'on vend les médailles de la Tour. Le téléphone a franchi les 300 mètres de fer; le télégraphe y dresse ses lignes rapides, la poste y installe sa boîte aux lettres.

Ne nous attardons pas au premier étage, et vite à la deuxième plate-forme. Elle est à 115^{m},73 du sol, a 30 mètres de côté et 1,400 mètres de surface. Là encore, il y a un promenoir, de 2^{m},60 de largeur et de 120 mètres de développement. Des constructions de bois, légères et gracieuses, des kiosques pour les billets, l'installation complète et originale d'une édition spéciale du *Fi-*

garo. On circule au milieu des piliers de fer, qui semblent se perdre dans les nues. Des ferrailles grincent, des roues glissent. C'est un ascenseur qui sort d'un trou, vomissant cinquante personnes pressées de voir.

A peine débarquées, elles s'approchent de la balustrade et contemplent le paysage : un panorama prodigieux.

C'est Paris, avec tous ses toits de formes et d'aspects si divers, vivant eux-mêmes dans cette ville étrange où s'use tant de vie, où s'accomplit tant de travail, où se manie tant d'argent, où se choquent tant d'idées, où sombrent tant de fortunes, où se perdent tant de talents et meurent tant d'espérances.

C'est la banlieue, avec ses hautes cheminées qui crachent des torrents de fumée.

C'est la Seine, avec ses multiples méandres, coupés de ponts et ponctués de bateaux-mouches qui ressemblent de si haut à des insectes.

C'est le bois de Boulogne : une tache verte sous un ciel bleu ; le bois de Vincennes, qui encadre son vieux donjon ; le mont Valérien : un gros point d'exclamation ; Saint-Cloud : une étagère ; le moulin d'Argenteuil, dont les ailes microscopiques tournent au bout de la puissante lorgnette. C'est Saint-Denis, c'est Sèvres, c'est Auteuil, c'est Meudon, c'est Bagneux, c'est Montreuil, Pantin, Aubervilliers... la ceinture de Paris.

On peut monter plus haut encore.

L'ascenseur Edoux, qu'on a comparé à un ballon captif, nous conduira au troisième étage, à 276^{m},13. Ici, la galerie-promenoir a 16 mètres de côté, et peut contenir 800 personnes. Elle est entièrement couverte et garnie, sur ses faces, de châssis de verre mobiles et qu'on baisse par les grands vents.

Le spectacle est magnifique, l'horizon circulaire élargi. Le panorama qui s'y déroule a 180 kilomètres d'étendue. La vue est la même qu'à l'étage inférieur, mais plus grandiose peut-être. Les détails sont moins perceptibles; l'ensemble est plus saisissant.

Aucun artiste n'a jamais trouvé sur sa palette les nuances d'un tel paysage et, au bout de son pinceau, la majesté de cette nature parisienne.

Ici s'achève la description de la Tour Eiffel, objet de la curiosité universelle, et qui est comme un monstrueux arc de triomphe, élevé dans l'azur à l'industrie et au génie français.

*
* *

A la troisième plate-forme se termine l'ascension des profanes. Le savant peut monter 25 mètres plus haut, au delà du phare et des projecteurs.

Au-dessus de la galerie vitrée, destinée au public, s'en trouve une autre, divisée en 7 salles qui servent de laboratoires scientifiques. Au-dessus, se trouve le campanile, qui supporte le phare. Ce campanile est formé par quatre caissons à treillis, courbés et placés suivant les diagonales de la section carrée de la Tour. Puis vient le phare, surmonté d'une coupole. Au-dessus de cette coupole se trouve encore une petite terrasse de $1^{m},40$ de diamètre, avec un garde-corps métallique. On accède à ce curieux balcon au moyen d'un escalier en spirale, ou, pendant les grands vents, par un tuyau en fonte, dans lequel on a ménagé les barreaux d'une échelle de fer.

Le phare est très puissant. Il est analogue à ceux employés par la marine pour l'éclairage des côtes, la surveillance des torpilleurs, etc. Sa puissance lumineuse est bien plus considérable.

Le phare est constitué par deux systèmes superposés d'éléments optiques. En haut, des verres dioptriques destinés à porter très loin la lumière; au dessous, des verres catadioptriques produisant la réflexion totale. Le foyer lumineux est de 5,500 carcels ; le tambour dioptrique multiplie sa puissance par 13, c'est-à-dire qu'il la porte à 70,000 carcels. Le système catadioptrique multiplie dans de plus faibles proportions l'intensité lumineuse.

La portée du phare est, en ligne droite, de 203 kilomètres. L'arc électrique de la lampe est alimenté par 100 ampères.

Ce système optique est fixe. Autour des tambours de verre, tourne une couronne mobile, qui porte des lames verticales de verre, bleu, blanc, rouge. La couronne est entraînée, à la vitesse de 90 secondes par tour, au moyen d'un petit moteur électrique gros comme le poing.

Le phare représente donc les trois couleurs nationales. On dirait que M. Eiffel a voulu, une fois de plus, attester le caractère patriotique de sa grande œuvre.

A quelle distance le phare est-il visible? Sa portée est de 203 kilomètres; mais on ne peut en apercevoir aussi loin les rayons, en raison de la forme sphérique de la terre. Mathématiquement, le rayon de la terre étant de 6,371,000 mètres, le rayon du cercle de l'horizon est donné par le produit du nombre 3,571 mètres par la racine carrée de la hauteur du point où l'on observe. A 300 mètres, on peut donc voir à une distance de 65 kilomètres, c'est-à-dire qu'on a un horizon de 130 kilomètres.

En réalité, le rayon lumineux se voit de beaucoup plus loin. C'est à 65 kilomètres qu'il est tangent avec la sphère terrestre; mais on perçoit le phare au delà, en raison directe de l'élévation où se trouve placé l'observateur. C'est ainsi que le phare de la Tour Eiffel a été aperçu du haut de la cathédrale de Chartres, à 75 kilomètres, du sommet de la cathédrale d'Orléans, à 115 kilomètres.

Il ne faut pas confondre le phare avec les projecteurs électriques installés au-dessous, sur le balcon qui entoure les laboratoires. Ces projecteurs sont destinés à lancer dans un cercle plus restreint leurs rayons lumineux. Ils ne sont pas d'une puissance extraordinaire et ne peuvent guère se manifester au delà de Paris.

Ces systèmes lumineux, de 90 centimètres de diamètre, sont montés sur affût et sur roues. Ils se meuvent sur des rails, installés sur le balcon ménagé autour des laboratoires. Les projecteurs comprennent un miroir aplanétique. Le foyer lumineux, placé très près du miroir, est une lampe à arc, de même intensité que celle du phare. Le projecteur peut se manœuvrer dans tous les sens, s'incliner à 45° et, par conséquent, éclairer les objets à partir de 270 mètres de la Tour.

Les rayons acquièrent une grande puissance, car ils sont limités en surface. On dirait, quand ils se meuvent dans l'air, les pattes gigantesques d'une araignée monstrueuse. Leur intensité est de 6 à 8 millions de carcels. Pendant l'Exposition universelle de 1889, ils ont excité au plus haut point la curiosité parisienne.

Le soir, les ingénieurs projetaient leurs rayons sur les fontaines lumineuses, ce qui augmentait encore l'éclat des eaux multicolores. Le rayon accompagnait les bateaux sur la Seine, les passants égarés dans des rues solitaires, surpris d'être ainsi suivis par cet œil étrange, plus puissant que la vue de la police. On éclairait également les monuments dont les étrangers pouvaient, mieux qu'en plein jour, admirer tous les détails.

A 11 kilomètres, on peut distinguer les objets sur lesquels tombent les rayons, comme jetés par une main mystérieuse, et ils permettent au passant de lire un journal en pleine nuit. On projeta dans un appartement le rayon des projecteurs de la Tour et l'on put, dit M. de Parville, distinguer la poussière qui voltigeait dans l'air.

Analogues aux projecteurs employés dans l'armée, quels services, en raison de l'altitude qu'ils occupent, ne rendraient-ils pas, en temps de guerre, à la Patrie? En cas d'invasion, on pourrait éclairer la région de Paris, dans un rayon de 60 kilomètres.

Quelle puissance précieuse d'informations stratégiques! Tous les mouvements de l'ennemi pourraient être surveillés nuit et jour. Si, après de nouveaux désastres, la capitale était investie, plus ne serait besoin de recourir à l'expédient dangereux et incertain des ballons; la Tour Eiffel permettrait de communiquer par des signaux de télégraphie optique à des distances considérables, telles que Meaux, Rouen, Chartres, Orléans même.

Le colosse serait évidemment le point de mire des obus ennemis. Mais que pourrait l'artillerie contre cette dentelle de fer? Un projectile bien dirigé briserait sans doute quelques-unes des membrures de la Tour, et l'on aurait vite fait de réparer cette brèche insignifiante.

Qu'on ne vienne donc plus nier l'utilité de cette

Fig. 10. — Les projecteurs de la Tour Eiffel.

Tour superbe ! Un jour, que nous espérons ne jamais voir, elle peut sauver la France et assurer l'intégrité du territoire national. Loin de nous d'aussi sinistres présages ! La patrie est puissante et confiante en ses vaillants enfants, qui, tous emportés d'un même élan, sauraient triompher d'un audacieux ennemi.

Quant à nous, nous n'avons qu'un désir à émettre, qu'un vœu à formuler : c'est que la Tour reste l'emblème universel du progrès et du travail, que son phare continue paisiblement à projeter de son œil puissant sur nos campagnes fertiles les trois couleurs de France. Après avoir fait le tour du monde, elles peuvent bien aujourd'hui conquérir l'atmosphère.

C'est surtout au point de vue astronomique et météorologique que la Tour Eiffel rendra d'importants services à la science.

A son sommet, au pied du drapeau que tourmente le vent, le bureau central météorologique a été chargé d'installer un observatoire des plus curieux. Il est disposé sur la dernière et étroite plate-forme de $1^{m},60$ de diamètre, qui couronne la coupole du phare.

Cet observatoire comprend des appareils à lecture directe : thermomètres à maxima et à minima, psychomètres ; des appareils enregistreurs : thermomètre, hygromètre, pluviomètre; des instruments enregistrant et transmettant à distance leurs indications d'une manière constante : thermomètre, girouette, anémomètres pour la vitesse horizontale et verticale du vent.

Grâce à ces instruments, les observations se font seules le jour comme la nuit. Il suffit, une fois par semaine, d'aller remonter les mouvements d'horlogerie qui commandent cet observatoire automatique. On a pu faire ainsi des expériences d'une haute importance et constater des phénomènes jusqu'ici ignorés. Il est, d'ailleurs, probable que l'avenir réserve aux météorologistes de nombreuses surprises.

La pureté de l'air à cette grande hauteur et l'absence des brumes basses qui recouvrent le plus souvent l'horizon de Paris, permettent d'entreprendre un grand nombre d'observations d'astronomie physique, souvent impossibles dans la banlieue.

M. Janssen, l'éminent savant, a déjà réalisé de curieuses expériences sur le rôle de l'oxygène dans la lumière. Ces expériences avaient déjà été faites par lui au mont Blanc; elles ont été renouvelées avec un plein succès. M. Janssen a pu acquérir la presque certitude que le soleil ne contient pas d'oxygène. Si la lumière qu'il nous transmet renferme ce gaz, c'est uniquement parce qu'en traversant l'atmosphère, les rayons solaires se chargent de cette précieuse source de vie.

En outre, trois laboratoires sont installés au sommet de la Tour. L'un d'eux, à la disposition de M. Janssen, est réservé aux observations astronomiques.

Le second, occupé par MM. Mascart et Cornu, est destiné à la météorologie et à la physique.

Le troisième, organisé par M. le docteur Hénocque, sert à la biologie et aux études micrographiques. Enfin, M. Cailletet a construit un grand manomètre à mercure, qui permet de réaliser avec précision des pressions de 400 atmosphères.

L'étude de l'électricité est susceptible de se faire dans des conditions particulières; en prenant certaines dispositions, on pourra observer le flux énorme d'électricité de passage au sommet de la Tour.

Les savants se proposent encore d'étudier la chute des corps dans l'air, la résistance de l'air sous différentes vitesses, certaines lois de l'élasticité. On réalisera sous peu une nouvelle expérience dans de grandes proportions : le pendule de Foucault, montrant la rotation de la terre et la déviation vers l'est d'un corps qui tombe.

Que sais-je encore?

Le conseil des savants français a dressé tout un programme d'expériences; il serait fastidieux de l'énumérer ici.

A quoi bon d'ailleurs? Demain, il ne serait plus exact. La science ne recule-t-elle pas sans cesse les bornes de son domaine universel? Chaque jour qui passe, chaque heure qui s'écoule amène ses découvertes, dévoile une parcelle des richesses inépuisables, des secrets profonds de la nature, et fait succéder les merveilles aux merveilles.

*
* *

Le succès de la Tour Eiffel a été prodigieux; c'est l'œuvre la plus populaire de ce siècle. Elle marche de pair avec les grandes découvertes modernes. Le nom de son auteur est sur toutes les lèvres et dans tous les cœurs. M. Eiffel est fier, et avec raison, d'un tel édifice; il l'aime comme un père aime son enfant, et c'est à regret qu'il est obligé de le quitter.

Aussi a-t-il fait aménager tout en haut du monument un appartement, qui lui est spécialement réservé.

Bien qu'il soit meublé avec la simplicité chère aux savants, cet appartement a été l'objet de l'envie générale. Que de gens n'ont pas ambitionné la faveur de partager le logis aérien de l'éminent ingénieur! Il a reçu des lettres innombrables lui offrant, pour des fortunes, de louer à la nuit « son pied à terre. » Toujours il a refusé. Lui seul habite cette singulière demeure, à l'abri des bruits de la foule et des misères humaines.

Le jour, il peut contempler les splendeurs de Paris, dont, pendant des mois, il a été le héros fêté sur tous les tons, à tout propos et dans toutes les langues. Le soir, au milieu des nuages, bercé par le vent qui chante, il s'endort à la clarté des étoiles, ces veilleuses éternelles. Qui nous dira les rêves de gloire qu'il a pu faire dans sa céleste demeure?

En effet, n'est-on pas venu des quatre coins du globe pour contempler cette nouvelle merveille du monde? Les registres du *Figaro*, les parois mêmes de la Tour, attestent la curiosité irrésistible qui poussa les peuples au Champ-de-Mars. Un colon du Sénégal écrit qu'il a quitté les rives brûlées du Haut-Fleuve « pour admirer la Tour. »

Pendant l'Exposition, trois millions cinq cent

douze mille six visiteurs de toutes races, de toutes couleurs et parlant toutes les langues, se sont pressés sur les trois plates-formes de la Tour; et parmi cette foule, l'élite de l'univers.

Des rois constitutionnels, des princes exotiques, des représentants des peuplades sauvages de l'Afrique, de l'Amérique, de l'Asie et de l'Océanie ont gravi les escaliers de fer de cette merveille scientifique.

Les héros de la littérature, des arts, des sciences, des industries, de la politique ont illustré par leur ascension le chef-d'œuvre métallique. On y a vu, tour à tour, le fils du tsar, le prince de Galles, héritier de la couronne d'Angleterre, les sœurs de l'empereur d'Allemagne, les enfants de l'empereur d'Autriche, Edison, le fécond inventeur, Gladstone, le grand homme d'État anglais, le roi africain Dinah Salifou, les princes tunisiens, les ambassadeurs marocains, des Sioux et des Apaches, le prince d'Annam, le bey de Djiboutil, le roi du Boundou (Afrique).

Et partout, sous tous les climats et à toutes les latitudes, ce fut un engouement, une frénésie. La tour Eiffel exerçait une fascination étrange, analogue à celle qui oblige le colibri à se jeter dans la gueule du serpent; c'est l'attraction que produit, sur le voyageur immobile, un train rapide qui dévore l'espace.

Tous les véhicules furent bons pour réaliser le rêve qui hanta tant de cerveaux.

Des Italiens franchirent les Alpes sur des vélocipèdes, curieux chevaux de fer; des Américains traversèrent, sur un esquif léger, l'océan Atlantique; deux Autrichiens sont partis de Vienne en brouette; un de leurs compatriotes fait le même trajet avec un fiacre; un Roumain s'est fait construire une litière, et un gentilhomme tyrolien est monté dans une chaise à porteurs; tous se sont imposé de dures privations et ont enduré de longues fatigues pour voir le phare de la Tour, sorte d'étoile de Bethléem qui guidait, dans leur lointain voyage, ces curieux de la science.

Voici un vieux paysan russe et un enfant niçois qui arrivent à pied à Paris, sans un sou pour faire la route, sans autre espoir que celui de payer à la Tour leur tribut d'admiration.

Le plus célèbre de ces voyageurs excentriques est le jeune officier russe, Michel Asséieff, venu sur son cheval de guerre, de Varsovie à Paris. Il mit trente jours pour faire la route. Il chevauchait onze heures par jour, à une vitesse moyenne de 8 kilomètres à l'heure. Le vaillant officier parcourut ainsi 2,633 kilomètres. Chez nous, on l'accueillit avec enthousiasme, et il fut l'objet de la sympathie générale.

Les exploits de ces singuliers touristes consacrent définitivement le succès de la Tour Eiffel. A ce titre surtout, ils étaient les bienvenus.

Ne confirment-ils pas l'impression générale de la foule, impression que l'on retrouve dans les innombrables inscriptions dont la Tour est bizarrement tatouée? C'est un singulier besoin de l'homme d'indiquer son existence partout où l'attire la curiosité. Les soldats romains n'inscrivaient-ils pas leurs noms sur les monuments d'Égypte? Les Anglais, armés de couteaux, ne gravent-ils pas, sur les murailles des monuments historiques, dans tous les lieux renommés, sur les parois des rochers célèbres, leur état civil, comme sur les registres de la police des hôtels?

C'est à cette douce manie qu'ont obéi nos ingénieux confrères du journal *le Figaro*, en ouvrant sur la deuxième plate-forme de la Tour, un registre où venaient s'inscrire la foule enthousiaste des visiteurs.

Collection précieuse, mine inépuisable de documents humains, que ces réflexions de tout le monde, écrites en prose ingénue, en vers de mirliton, empreintes d'un lyrisme populaire ou d'un esprit faubourien! L'étranger y rend hommage à la France et le Français à la Patrie.

Qui donc lira ce livre curieux, dégagera toute la philosophie et la psychologie de cette âme, composée de tant d'âmes?

C'est un concert d'éloges, dans lequel bien des notes discordantes se font entendre. « Un ingénieur de Bordeaux promet à son camarade Eiffel » d'appeler Eiffeline sa première petite fille. Un statuomane demande que la Tour soit couronnée de la statue de l'ingénieur qui l'a élevée à sa stupéfaction. Un autre, s'adressant à M. Eiffel, s'écrie : « Je te place au rang des grands hommes. C'est épouvantablement beau! » Voici un Brésilien qu'effrayent le progrès et l'avenir : « Jusqu'où montera le génie français en 1989? Les nuages le diront. »

De même que le grand air fouette le sang, l'énorme monument excite le chauvinisme.

« O Égypte, chère patrie, je souhaite qu'un jour il soit donné au monde de voir du haut de

Fig. 11. — Le pavillon du *Figaro*, à la deuxième plate-forme de la Tour.

tes Pyramides, et préparé par les mains de tes enfants, un spectacle aussi grandiose que celui que je contemple en ce moment du sommet de la merveilleuse Tour Eiffel. »

Écoutez l'expression du même désir chez un patriote hongrois :

« Ma chère patrie!... Quand récolteras-tu un succès pareil?... » — *Signé :* OSCAR VERTESSY, BUDAPEST, HONGRIE.

Voyons maintenant comment nos compatriotes expriment leur chauvinisme. En voici un, dont les vers ne manquent par d'esprit :

On a dit du Français que sa tête est fêlée,
Il a bien su prouver qu'il n'était pas si fou.
Sa langue très pointue et sa tour effilée
Montrent qu'il sait encore à tous river le clou.

— *Signé :* L. VOISINE, Paris.

« Vive la grande France, le berceau de la civilisation du monde entier ! » — *Signé :* VARDAS, de Marseille.

« A l'inverse de Fontenoy, nous avons tiré les premiers. A vous, messieurs les Anglais, si vous pouvez. » — *Signé :* docteur JAUFFRET (Var).

« Paris est la capitale du monde. » — *Signé :*

Charles Rolland, président de la chambre française de commerce de Bruxelles.

« Génie français, tu seras toujours le premier du monde! » — *Signé :* M. Masson.

« En voyant la Tour Eiffel, je suis fier d'être Français. » — *Signé :* L. Datt, Saint-Galmier (Loire).

Il ne faut pas rire de ces hyperboles nationales.

Les étrangers apprécient, en termes non moins dithyrambiques, le plus haut monument du globe :

« Comme à la tour de Babel, ici aussi il y a confusion des langues; mais, au lieu de séparer, elle unit les peuples en une seule pensée d'amour et d'enthousiasme pour la France. » — *Signé :* Christine Atossiez, Athénienne.

A côté des lyriques, il y a les comiques qui conservent leur esprit facile et auxquels la hauteur ne donne pas le vertige des idées Citons-en quelques-uns.

« A trois cents mètres, je ne trouve rien pour écrire qui soit à la hauteur. — *Aquello empego!* » — *Signé :* L. Belguise, Provençal.

« Merci à M. Eiffel de nous avoir procuré des

pensées élevées. » — *Signé :* J. Fausch de Kerpezdron.

D'autres sont envahis par un mysticime sentimental ou par une agréable philosophie. Voici comment exprime son impression la femme de l'heureux ouvrier qui a hissé au sommet de la Tour le drapeau tricolore :

« Mon cher mari, je ne peux revenir du courage que tu as eu en plaçant ce drapeau à la Tour. » — *Signé :* Louise Dellétru.

Touchant souvenir d'un élève :

« Un étudiant de l'institut Saint-Louis, de Bruxelles, envoie du haut de la Tour Eiffel ses remerciements à tous ses professeurs. » — *Signé :* Frédéric Hamaide.

A côté du respect dû aux professeurs, plaçons cet hommage offert à la discipline militaire :

« Pour une fois, je suis au-dessus de mon colonel. » — Caporal B., 24e de ligne.

Et, pour finir, les philosophes :

« Un Breton devenu terrien, qui a retrouvé seulement dans la Tour l'immensité de la mer. » — *Signé :* Daniel.

« Plus je considère la Tour Eiffel, plus je reconnais l'inutilité décourageante des hauts talons. » — *Signé :* Bloumette, piqueuse de bottines.

« Que sont les mesquineries humaines auprès des merveilles de la science? » — *Signé :* Ivan Imbert, Ramonchamp (Vosges).

Terminons ces emprunts à la foule par cette pensée « fin de siècle » :

« On construit toujours plus haut, on descend toujours plus bas. » — *Signé :* Stanislas Skarzynski.

Nous pourrions poursuivre longtemps ces citations; elles se trouvent à peu près toutes résumées dans celles qui précèdent. A part quelques esprits originaux, chacun use des mêmes mots pour exprimer son étonnement et son admiration.

Le registre du *Figaro* eut un succès sans précédent. Reproduit dans la feuille spéciale de la Tour, chacun voulait conserver le souvenir de son ascension. C'était une gloire d'avoir grimpé les trois étages du colosse. Ceux qui voulaient emporter un témoignage métallique de leur visite à la troisième plate-forme achetaient une médaille commémorative.

C'est M. Duperron, directeur de l'usine métallique parisienne, qui eut l'idée de frapper cette médaille, vendue exclusivement dans la Tour. Au premier étage, la médaille est de bronze; au second, argentée; au troisième, dorée.

La face porte une vue gravée de la Tour Eiffel, entourée des plus grands monuments du monde, avec leurs hauteurs comparatives. Sur le revers, sont gravés ces mots :

SOUVENIR
DE MON ASCENSION
AU... ÉTAGE
DE LA TOUR EIFFEL
18..

En outre, un cartouche de petite dimension est laissé vide, pour que l'acquéreur puisse y faire inscrire son nom. On vendit une grande quantité de ces souvenirs, de 4 centimètres de diamètre, et fort bien gravés.

La Tour Eiffel n'excitait pas seulement l'enthousiasme des ascensionnistes; elle faisait naître la curiosité et l'envie des malheureux, qui n'avaient pas 5 francs à dépenser pour s'élever de 300 mètres au-dessus de la terre.

Qui donc dira la joie de ceux-là, qui, à la faveur des privations, économisèrent la pièce blanche devant laquelle s'ouvraient les tourniquets?

Et le soir, dans les grandes occasions, quel merveilleux spectacle que cette colonne en feu! C'était absolument féerique! A côté des fontaines lumineuses multicolores, la Tour se détachait dans l'espace comme un monstre apocalyptique. Stalactite foudroyante qui semble tomber du ciel! On dirait une braise ardente, arrachée du foyer solaire qui doit, dit-on, embraser la terre et détruire l'humanité.

A première vue, ce prodigieux feu d'artifice stupéfie. Il fait songer à un cataclysme, et la Tour semble sortir du néant toute enflammée et pleine de sang. Mais cette émotion a bientôt disparu : des feux de Bengale s'allument aux trois plates-formes et donnent à la tour un aspect étrange.

La lueur se reflète dans le ciel empourpré et, de tous les points de Paris, on peut admirer la Tour de feu.

*
* *

Mais cette popularité ne suffit pas au triomphe de M. Eiffel.

Sa tour est entrée dans nos mœurs; on ne peut plus s'en passer. De même qu'on donne le nom d'un homme célèbre à un mets délicat, une foule d'objets familiers furent transformés en Tour Eiffel.

On l'a mise en breloques, en épingle de cravate, en coupe-papier, en porte-plumes, en pipe, en bracelets, en broche, en lorgnette, en boutons de manchette, en boucles d'oreille, en sonnette, en presse-papier, en salière, en moulin à poivre, en chandelier. On l'a reproduite en cuivre, en zinc en bronze, en bois, en nickel, en carton, en sucre, en fer, en chocolat, en pain d'épices, en vermeil, en marbre, en or, en argent, en diamant.

Depuis 1878, les charcutiers laissaient sur leur étal des trocadéros en saindoux. La Tour Eiffel, a détrôné le Trocadéro. Derrière les glaces des pâtissiers en renom, on voit s'élever des Tours Eiffel artistement découpées dans une pâte odorante et délicate. Un marchand de vins, comme hommage à M. Eiffel, a dressé, sur son comptoir de zinc, une pyramide d'escargots de Bourgogne.

N'affirme-t-on pas qu'un garde forestier a fait une tour rustique en pommes de pin?

A Londres, un coiffeur ingénieux a coiffé en

Tour de 300 mètres une miss élégante se rendant à un bal aristocratique. De nombreux industriels l'ont prise comme enseigne de leur maison. Un forain s'est construit en bois une baraque sur les plans réduits de notre ingénieur; il vend avec succès dans les foires de province des pains d'épices, qui font à la tour du Champ-de-Mars une concurrence enfantine et gourmande.

Chaque jour voit naître une nouvelle imitation; chaque jour, la Tour voit s'étendre sa renommée. Aussi peut-on dire que M. Eiffel a fait autant pour la gloire de la France que les plus grands capitaines. Au lieu de fondre du plomb et de le lancer à l'ennemi, il a forgé du fer et l'a lancé dans les airs.

Aussi les poètes, ces chantres de la paix, ont-ils, en l'honneur de ce monument voisin des nuages, accordé leur lyre et célébré le fer.

D'excellents écrivains ont dédié à M. Eiffel des pages charmantes. Ainsi a fait, par exemple, M. Sully-Prudhomme.

Le colosse apparaît à l'éminent académicien « comme un témoin de fer dressé par l'homme vers l'azur pour attester son immuable résolution d'y atteindre, » et il ajoute : « Voilà le point de vue qui a réconcilié mon regard avec ce monstre, conquérant du ciel. Et quand même, en face de sa grandeur impérieuse, je ne me sentirais pas converti, assurément je me sentirais consolé par la joie fière, qui nous est commune à tous, d'y voir le drapeau français flotter plus haut que tous les autres drapeaux du monde, sinon comme un insigne belliqueux, du moins comme un emblème des aspirations invincibles de la gloire. »

Fig. 12. — Tour Eiffel bijou.

M. Fulbert Dumonteil, dans un brillant style, a écrit une romantique ballade en prose, intitulée : *la Tour qui chante*.

Écoutez chanter la tour :

« Elle chante, la Tour Eiffel, quand le vent s'engouffre en mugissant dans sa carcasse de neuf cents pieds, passe et repasse avec des mélodies de harpe éolienne dans les découpures exquises de ses dentelles de fer, tourne autour de sa quille géante, emplit les plates-formes de ses voix mystérieuses, se déchire en criant aux arêtes du colosse, court le long des piliers énormes, se repose au sommet vertigineux dans la musicale apothéose d'un rythme triomphant.

« Elle chante, la Tour Eiffel, elle chante la grande épopée du Travail et de la Paix, de la Science, du Progrès, de la Civilisation! »

Si la tour a inspiré délicatement les poètes, elle a aussi suscité d'inévitables rivalités.

Un joaillier parisien a construit une réduction exacte de la Tour du Champ-de-Mars en vrais diamants; cette merveille ne mesure pas moins d'un mètre de hauteur, sans le drapeau. Véritable chef-d'œuvre d'art et de patience, elle se compose de *trente mille* diamants, pesant environ trois mille carats; quarante kilos représentent l'armure d'or et d'argent. On a calculé qu'en posant tous les brillants en ligne verticale, les uns au-dessus des autres, on formerait une rangée de pierreries dépassant la plus haute maison parisienne. Quelle aigrette fantastique!

Tous les détails de la Tour géante se trouvent représentés dans cette œuvre exquise avec autant de fidélité que d'éclat : restaurants, brasseries ascenseurs, plates-formes, oriflammes. Le drapeau du sommet étincelle des trois couleurs nationales : saphirs, brillants et rubis. Dans le phare minuscule, fonctionne une petite lampe électrique qui embrase de ses feux la quille fulgurante de la tour enchantée.

Ce n'est pas avec le diamant que les Américains veulent surpasser la Tour Eiffel. Des ingénieurs du nouveau monde rêvent de construire une tour gigantesque en... papier comprimé. Allons, voilà un beau rêve! Ce doit être un projet en l'air. Les Anglais sont plus jaloux encore de la gloire de nos ingénieurs : ils veulent l'éclipser tout d'un coup. Ce n'est pas une, mais deux tours gigantesques qu'ils ambitionnent de construire.

Un original, M. Watkins, veut élever un pylône de 600 mètres. Il a ouvert un concours ; les plans ont afflué en grand nombre, M. Watkins devant récompenser le meilleur.

La seconde tour serait plus curieuse encore, quoique moins haute que la chimère Watkins; elle ne mesurerait que 450 pieds anglais. Elle aurait une forme bizarre; les chevaux et les voitures pourraient y monter pour traverser un pont suspendu reliant les quais sud et nord du port de Douglass. Cette tour servirait en même temps de phare à la jetée de la ville.

N'a-t-on pas eu aussi l'idée de faire une tour horizontale? Il naîtra sans doute d'autres projets dans le cerveau bizarre des inventeurs.

Mais que M. Eiffel se rassure : rien ne lui enlèvera la gloire d'avoir, le premier, élevé son monument.

Il a mis sa Tour sous le patronage de la science, en inscrivant à sa ceinture de fer les noms de soixante-douze savants, honneur de la France et de l'humanité.

Au surplus, le printemps dernier, une hirondelle a posé son nid sur le colosse. Le petit oiseau protégera la Tour, comme il protège la chaumière ou le palais sur lequel il a élu demeure.

Tous les ans, à la belle saison, quand le soleil jouera à travers la dentelle aérienne, fidèle messagère de bonheur et de prospérité, elle reviendra, l'hirondelle légère, à son nid d'argile bâti sur le géant de fer.

Mais qui peut répondre de l'avenir? Dans un siècle, la tour Eiffel sera peut-être un simple jouet. Qui sait si l'homme n'aura pas gravi un nouvel et gigantesque échelon de l'échelle qu'il ambitionne de dresser contre le ciel?

Le génie, qui asservit la force, manifestera sans doute sa puissance indomptable. Où s'arrêtera le progrès? Quand aura-t-on tout découvert et tout dominé, sondé tous les mystères de la nature?

Lorsqu'on embrasse, dans un coup d'œil rêveur, la prodigieuse étendue des découvertes scientifiques, le travail de l'homme n'apparaît-il pas dans sa grandeur vertigineuse? Après avoir rompu les animaux à son service, le voilà qui s'empare des éléments. Jupiter audacieux, il manie comme en se jouant la foudre redoutable, emprisonne le son, conserve la parole, domestique la lumière, escalade les nues, fend les airs!

FIN.

www.ingramcontent.com/pod-product-compliance
Ingram Content Group UK Ltd.
Pitfield, Milton Keynes, MK11 3LW, UK
UKHW021822190726
13853UKWH00003B/1131

9 782329 573342